동물농장

동물농장

조지 오웰 | 김승욱 옮김

문예출판사

Animal Farm

George Orwell

차례

표현의 자유

이 소설의 핵심적인 아이디어만 따진다면, 내가 처음 구상을 떠올린 때는 1937년이었다. 하지만 집필은 1943년 말이 되어서야 시작했다. 그 무렵에는 이미 이 책을 출판하기가 몹시 힘들 것이라는 조짐이 분명했다(책이 부족한 시기라서 무엇이든 책이라고 부를 수 있는 글은 잘 팔릴 텐데도 그랬다). 결국 출판사 네 곳이 내 원고를 거절했는데, 그중에 조금이라도 이념과 관련된 동기를 내세운 곳은 한 군데밖에 없었다. 다른 두 곳은 오랫동안 반(反)소련 서적을 출판하던 곳이고, 나머지 한 곳은 이렇다 할 정치적 색채가 없었다. 한 출판사는 사실 처음에 좋은 반응을 보였으나, 사전 작업이 끝난 뒤 정보부에 문의해보기로 결정했다. 그런데 정보부가 이 책을 출판하지 말라고 경고했거나, 아니면 강력한 반대의 뜻을 표한 것 같다. 그 출판사에서 내게 보낸 편지의 일부를 인용하면 다음과 같다.

《동물농장》과 관련해서 정보부의 중요한 관리가 보인 반응을 언급했습니다. 솔직히 말해서 그 반응을 보고 저는 이 일에 대해 심각히 생각하게 되었습니다…… 현재 이 책을 출판하는 것이 대단히 현명하지 못한 일로 보일 수 있겠다는 생각이 이제 듭니다. 만약 이 우화가 일반적인 독재자와 독재 체제를 다룬 것이라면 출판해도 괜찮겠지만, 지금 보니 소련과 그 나라의 두 독재자가 걸은 길을 너무나 완벽하게 따라간 작품이라서 다른 독재 국가들은 모두 배제한 채 오로지 소련에만 해당되겠습니다. 한 가지 더. 이 우화의 지배 계급이 돼지가 아니었다면 덜 거슬렸을 겁니다.* 돼지를 지배 계급으로 선택한 것에 많은 사람이 분명 불쾌감을 느낄 것 같습니다. 조금 과민한 사람은 더욱 그럴 것 같은데, 소련 사람들은 틀림없이 여기에 속하겠지요.

이런 것은 좋은 징조가 아니다. 정부가 후원하지 않은 책에 대해 정부 부처가 검열의 권한을 조금이라도 갖는 현상은 분명히 바람직하지 않다(전쟁 중에 안보를 위한 검열이라면 누구도 반대하지 않는다). 그러나 지금 사상의 자유와 발언의 자유를 가장 위협하는 것은 정보부 같은 정부 기구의 직접적인 간섭이 아니다. 출판사와 편집자가 박해에 대한 두려움이 아니라 여론에 대한 두려움 때문에 특정한 주제들의 출판을 꺼리고 있다. 이 나라에서 지식인의 비겁함은

---

* 이 제안이 이 편지를 쓴 ○○씨 자신의 생각인지, 아니면 정보부가 먼저 내놓은 것인지는 불분명하다. 하지만 왠지 공식적인 분위기를 풍기는 듯하다(원주).

8

작가나 기자가 직면하는 최악의 적이다. 내가 보기에는 이 문제에 대한 논의가 충분히 이루어지지 않는 것 같다.

기자 경험이 있는 공정한 사람이라면 이번 전쟁 중의 공식적인 검열이 별로 지겹지 않았음을 인정할 것이다. 어쩌면 전체주의적인 '조정'이 당연히 있을 법도 했는데, 우리는 그런 일을 당하지 않았다. 언론이 몇 가지 정당한 불만을 품고 있는 것은 사실이지만, 전체적으로 봤을 때 정부의 행동은 훌륭했으며 소수 의견에 놀라울 정도의 관용을 베풀었다. 영국에서 글의 검열과 관련해서 불길한 점은 이런 검열이 주로 자발적으로 이루어진다는 사실이다.

꼭 공식적인 금지 조치가 없어도 대중의 호응을 받지 못하는 목소리를 조용히 만들고, 불편한 사실을 어둠 속에 묶어둘 수 있다. 외국에서 오래 살았던 사람이라면 떠들썩한 뉴스(그 자체로서 대서특필될 가치가 있는 소식)가 영국 언론에서 배제된 사례를 알고 있을 것이다. 정부가 개입했기 때문이 아니라, 그 뉴스를 언급하면 '좋지 않을 것 같다'는 암묵적인 합의 때문에 이루어진 일이다. 일간신문의 경우에는 이런 일을 쉽게 이해할 수 있다. 영국 언론은 극단적으로 중앙에 집중되어 있으며, 대부분이 일부 중요한 소식들에 대해 솔직해질 수 없는 부자들의 소유나. 그러나 이런 식의 은근한 검열이 서적과 정기간행물, 희곡과 영화와 라디오에 대해서도 이루어지고 있다. 세상에는 언제나 정설이라는 것이 존재한다. 정신이 제대로 박힌 사람이라면 의문의 여지 없이 받아들일 것이라고 생각되는 주장들을 말한다. 이런저런 말을 하는 것이 정확히 금지된 일은 아니지만, '잘 하지 않는 일'이다. 빅토리아 시대 중기에 숙녀 앞에서 바지를 언급하는 것이 '잘 하지 않는 일'이었던 것과 같다. 누구든 사회를 지배하는 정설에 도전하면 깜짝 놀랄 만큼 효과적으로 입막음을 당한다. 정말로 인기가 없는 주장이 대중매체에서든 고상한 정기간행물에서든 공정하게 목소리를 낼 기회를 얻는 일은 거의 없다.

현재 이 사회를 지배하는 것은 소비에트 러시아에 무비판적으로 감탄하라는 요구다. 모두 이것을 알고 있다. 그리고 거의 모두가 이 요구에 따른다. 소련 정권에 대한 진지한 비판, 소련 정부가 숨기고 싶어 하는 사실을 폭로한 글은 출판할 수 없는 것이나 마찬가지다. 우리의 동맹에게 아부하려는 이 전국적인 음모는 묘하게도 진정한 지적인 관용과 어긋나는 방식으로 이루어지고 있다. 소련 정부를 비판하는 것은 허락되지 않지만, 적어도 우리 정부를 비판할 때는 상당한 자유를 누릴 수 있다. 스탈린을 공격하는 글을 실어줄 사람은 거의 없어도, 처칠을 공격하는 일은 별로 위험하지 않다. 어쨌든 책과 정기간행물에서는 그렇다. 5년간의 전쟁(그중 2~3년 동안 우리는 국가적 생존을 위해 싸웠다) 내내 평화 협상을 옹호하는 수많은 책, 소책자, 기사가 아무런 간섭 없이 발표되었다. 열띠게 반대하는 목소리도 별로 없었다. 소련과 관련된 문제만 아니라면, 언론의 자유라는 원칙이 상당히 잘 지켜진다. 소련 외에 다른 금지된 화제들도 있다. 곧 그중 일부를 언급할 생각이지만, 소련을 대하는 태도야말로 가장 심각하다. 어느 압력 단체의 행동 때문이 아니라 자발적으로 이루어지는 일이기 때문이다.

영국의 지식인들이 예전에도 여러 번 비슷한 행동을 한 적이 없었다면, 그들 중 대다수가 1941년부터 줄곧 소련의 선전을 그대로 받아들여 비굴하게 전하는 태도가 아주 놀랍게 보였을 것이다. 논란이 되는 이슈가 등장할 때마다 그들은 소련의 시각을 검토 없이 받아들여, 역사적 진실이나 지적인 품위를 완전히 도외시한 채 널리 발표했다. 하나만 예를 들자면, BBC가 붉은군대 창설 25주년을 축하하면서 트로츠키를 언급하지 않은 일이 있다. 이는 트래펄가 전투를 기념하면서 넬슨을 언급하지 않은 것과 같다. 그런데도 영국의 지식인들은 전혀 항의하지 않았다. 여러 점령 국가의 내부 분쟁에서도, 영국 언론은 거의 항상 소련이 좋아하는 쪽의 편을 들고 반대편을 헐뜯었다. 때로는 이를 위해 물리적인 증거를 은폐하기도 했다. 유고슬라비아 체트니크의 지도자 미하일로비치 대령의 사례가 특히 두드러진다. 유고슬라비아에서 티토 원수를 지원하던 소련은 미하일로비치가 독일에 부역했다고 주장했다. 영국 언론도 이 주장을 곧장 받아들였다. 미하일로비치의 지지자들에게는 답변 기회가 주어지지 않았으며, 이 주장과 어긋나는 사실들은 기사에서 간단히 무시되었다. 1943년 7월에 독일은 티토에 대해 금화 10만 크라운의 현상금을 내걸었다. 미하일로비치에게도 비슷한 현상금이 걸렸다. 영국 언론은 티토에게 걸린 현상금을 '화려하게' 다뤘지만, 미하일로비치의 현상금 관련 기사를 쓴 신문은 단 한 곳(그것도 작은 활자로)뿐이었다. 따라서 그가 독일에 부역했다는 혐의도 사라지지 않았다. 스페인 내전 때도 아주 비슷한 일이 있었다. 당시에도 소련이 기필코 분쇄하려 했던 공화파 파당들을 영국의 좌익 언론매체들이 무분별하게 비방했고, 그들을 옹호하는 글은 심지어 편지 형태의 글까지도 게재를 거절당했다. 지금은 소련에 대한 진지한 비판이 괘씸하게 여겨질 뿐만 아니라, 어떤 경우에는 그런 비판이 존재한다는 사실조차 비밀로 감춰진다. 트로츠키가 죽기 직전에 쓴 스탈린 전기가 한 예다. 그 책이 편견에서 완전히 자유로울 거라고 보기는 어렵겠지만, 그래도 분명히 시장에서 팔릴 만한 책이었다. 미국의 한 출판사가 나서서 그 책을 만들었을 때(서평을 위한 검토본 들이 이미 배포되었던 것으로 알고 있다) 소련이 참전했다. 그 책은 즉시 회수되었다. 영국 언론은 이 일에 대해 단 한마디도 하지 않았다. 이 런 책이 존재했다는 사실과 억압당했다는 사실이 몇 문단짜리 기사 가 될 만한 소식이었는데도.

영국에서 글을 쓰거나 출판하는 지식인들이 자발적으로 실시하 는 검열과 때로 압력 단체가 강요하는 검열을 구분할 필요가 있다. 특정한 화제들은 '기득권' 때문에 다뤄지지 못한다는 현실이 잘 알 려져 있다. 의약품 특허와 관련된 소란이 가장 유명한 사례다. 또한 가톨릭교회는 출판계에서 상당한 영향력을 갖고 있기 때문에 자신 에 대한 비판의 목소리를 어느 정도 막아버릴 수 있다. 가톨릭 사제 와 관련된 추문은 대중에게 널리 알려질 때가 거의 없는 반면, 성공 회 신부가 문제에 휘말리면(예를 들어 스티프키 신부) 헤드라인 뉴스 가 된다. 연극이나 영화에 반(反)가톨릭 성향이 나타나는 경우도 대 단히 드물다. 아무 배우나 붙들고 물어보아도, 가톨릭교회를 공격 하거나 조롱하는 연극과 영화는 언론에서 보이콧 대상이 되기 쉬워 서 실패할 가능성이 커진다고 말해줄 것이다. 그러나 이런 일은 무해하다. 아니, 적어도 이해할 수는 있다. 대형 조직은 모름지기 자신의 이익을 최대한 돌보기 마련이며, 공공연한 선전도 반대할 일은 아니다. 〈가톨릭 헤럴드〉가 교황을 비난할 가능성이 별로 없는 것처럼, 〈데일리 워커〉*가 소련에 불리한 사실들을 널리 알릴 가능성도 별로 없다. 하지만 생각할 줄 아는 사람이라면 누구나 〈데일리 워커〉와 〈가톨릭 헤럴드〉가 어떤 매체인지 안다. 거슬리는 것은 소련과 소련의 정책에 대한 지적인 비판을 기대할 수 없다는 점이다. 심지어 거짓 의견을 말해야 한다는 압박에 직접 노출되지 않은 자유주의 필자와 기자에게서도 대개 정직하고 꾸밈없는 글을 기대할 수 없다. 스탈린은 신성불가침이고, 그의 정책 중 어떤 부분들은 결코 진지한 토론의 대상이 되지 않는다. 이 규칙은 1941년부터 거의 보편적으로 준수되었다. 하지만 이 규칙은 그보다 10년 전부터 이미 영향을 미치고 있었다. 그 범위도 때로는 생각보다 더 컸다. 그동안 내내 좌파의 소련 정권 비판은 청중을 확보하는 데 어려움을 겪었다. 소련에 반대하는 글이 엄청나게 쏟아져 나오기는 했으나, 거의 모두 보수적인 시각에서 쓴 것이었다. 누가 봐도 정직하지 못한 내용, 최신 소식과 어긋나는 지나간 이야기를 담고 있으며, 시시분한 저의가 엿보였다. 이런 글의 반대편에서는 정직하지 못하다는 면에서 서의 막상막하인 친(親)소련 선전 글이 역시 엄청나게 쏟아져 나왔다. 몹시 중요한 의문들을 차분하게 논의해보려고 시도하는 사람은 보이콧의 대상이 되었다. 원한다면 반(反)소련 서적을 출간

---

* 영국과 미국의 공산당 기관지.

할 수는 있지만, 그랬다가는 틀림없이 거의 모든 고상한 언론매체에게 무시당하거나 그들의 기사에 잘못된 모습으로 묘사되었다. 그런 책을 출판하는 것은 '잘 하지 않는 일'이라는 경고를 공개적으로도 개인적으로도 전달받는다는 뜻이다. 그 책에 실린 내용이 진실이라 하더라도 지금은 '시기가 적절하지 않기' 때문에 이런저런 반동 세력의 손에 놀아나게 된다는 것이 이유다. 이런 태도를 옹호하는 사람들은 영소 동맹이 시급히 필요한 현실과 국제적인 상황을 근거로 내세웠다. 그러나 그런 주장은 확실히 합리화에 불과하다. 영국의 지식인 계층, 아니 그들 중 다수는 소련에 대해 집단적인 충성심을 갖게 되었으며, 스탈린의 지혜를 조금이라도 의심하는 것은 일종의 신성모독이라는 생각을 가슴에 품고 있었다. 따라서 소련에서 일어나는 일들을 판단할 때는 평소와 다른 기준이 적용되었다. 평생 사형제에 반대한 사람들도 1936~1938년의 숙청 때 한없이 시행된 처형에 대해서는 박수갈채를 보냈다. 인도의 기근은 널리 알려야 마땅하지만, 우크라이나의 기근은 감춰야 마땅하다. 전쟁 전에도 이런 분위기였는데, 지금도 지식인 사회의 분위기는 전혀 나아지지 않았다.

이제 내가 쓴 이 책 이야기로 돌아가자. 대부분의 영국 지식인들은 이 책에 아주 단순한 반응을 보일 것이다. "출판되지 말았어야 하는 책이다." 명예훼손의 기술을 아는 비평가들은 당연히 정치적인 측면이 아니라 문학적인 측면에서 이 책을 공격할 것이다. 재미없는 엉터리 책이며, 창피스러운 종이 낭비라고. 다 맞는 말일 수도 있지만, 분명히 그것이 전부는 아니다. 순전히 형편없는 책이라는 이유만으로 사람들이 "출판되지 말았어야 하는 책"이라는 말을 입에 담지는 않는다. 사실 매일 몇 에이커나 되는 종이에 쓰레기 같은 글이 인쇄되지만 아무도 신경 쓰지 않는다. 영국의 지식인들, 그러니까 그들 중 대부분은 이 책이 자기들의 지도자를 비방하고 (자기들이 보기에는) 진보라는 대의를 해치기 때문에 이 책에 반대할 것이다. 만약 이 책이 그 반대의 내용을 담고 있었다면 설사 문학적인 결점이 지금보다 10배쯤 많다 해도 그들은 이 책에 대해 전혀 반감을 드러내지 않았을 것이다. 예를 들어, 좌익 북클럽*이 4~5년 동안 성공을 거뒀다는 사실은 그들이 듣고 싶어 하는 말을 해주는 글이라면 상스러운 글에도 단정치 못한 글에도 기꺼이 관용을 발휘한다는 것을 보여준다.

문제는 아주 간단하다. 아무리 인기가 없는 의견이라도, 심지어 멍청한 의견이라도 모두 목소리를 낼 자격이 있는가? 이런 식으로 질문을 던지면 거의 모든 영국 지식인이 반드시 '그렇다'고 대답해야 할 듯한 기분이 들 것이다. 그러나 이 질문을 구체적으로 다듬어서 "스탈린에 대한 공격은 어떤가? 그것도 목소리를 낼 자격이 있는가?"라고 묻는다면, '아니오'라는 답이 돌아올 가능성이 크다. 이 질문이 공교롭게도 현세의 정설에 도전하기 때문에, 발언의 자유라는 원칙이 뒷걸음질을 치는 것이다. 우리가 발언의 자유와 언론의 자유를 요구할 때 원하는 것은 절대적인 자유가 아니다. 사회조직이

---

* 　1936~1948년 영국에서 강한 좌익 성향으로 영향력을 발휘했던 출판 그룹.

존재하는 한 어느 정도의 검열은 항상 반드시 있어야 한다. 실제로도 항상 있을 것이다. 그러나 로자 룩셈부르크의 말처럼 자유는 "남을 위한 자유"다. 볼테르의 유명한 말에도 같은 원칙이 포함되어 있다. "나는 당신의 말을 싫어한다. 그러나 당신이 그 말을 할 수 있는 권리를 나는 죽도록 옹호할 것이다." 의심의 여지 없이 서구 문명의 뚜렷한 특징 중 하나인 지적인 자유에 조금이라도 의미가 있다면, 누가 봐도 명백하게 공동체 전체에 해가 되지 않는 한 누구나 자신이 믿는 진실을 말하고 글로 발표할 권리가 있다는 것이다. 자본주의를 바탕으로 한 민주주의와 서구식 사회주의는 최근까지 이 원칙을 당연한 것으로 받아들였다. 내가 이미 지적했듯이, 우리 정부는 지금도 이 원칙을 존중하는 것처럼 보이려고 한다. 거리의 평범한 사람들도 "모두들 자기 의견을 말할 권리가 있는 것 같은데"라는 생각을 여전히 막연하게 품고 있다(아마 그들이 남의 생각을 배척할 만큼 관심이 크지 않다는 점이 한 가지 이유일 것이다). 문학계와 학계의 지식인들, 이런 자유를 마땅히 수호해야 할 바로 그 사람들만이, 아니 주로 그들이 이론적으로도 행동으로도 이 자유를 점차 무시하고 있다.

변절한 자유주의자는 우리 시대의 독특한 현상 중 하나다. '부르주아의 자유'는 환상이라는 마르크스주의의 친숙한 주장에 덧붙여, 오로지 전체주의적인 방법으로만 민주주의를 지킬 수 있다는 주장이 널리 퍼져 있다. 민주주의를 사랑한다면 수단과 방법을 가리지 않고 민주주의의 적을 쳐부숴야 한다는 주장이다. 그럼 민주주의 적은 누구인가? 공공연하게 의식적으로 민주주의를 공격하는 사람들뿐만 아니라, 잘못된 교의를 퍼뜨려 민주주의를 '객관적으로' 위험에 빠뜨리는 사람들도 항상 포함되는 것 같다. 다시 말해서, 민주주의를 수호하려면 독자적인 생각을 모두 파괴해야 한다는 뜻이다. 이 주장은 소련의 숙청을 정당화하는 데에도 이용되었다. 소련을 아무리 열렬히 좋아하는 사람이라 해도, 숙청된 사람들이 법정에 고발된 그 죄를 모두 저질렀을 것이라고 믿기는 어려웠다. 그러나 그들은 이단적인 의견을 품어 정권에 '객관적인' 피해를 입혔으므로, 그들을 단순히 학살하는 데에서 그치지 않고 누명까지 씌워서 명예를 떨어뜨리는 방법이 아주 옳은 것이었다. 트로츠키주의자와 스페인 내전 때의 소수 공화파에 대해 좌익 매체들이 고의로 거짓을 퍼뜨린 일을 정당화할 때도 역시 이 주장이 이용되었다. 1943년에 모슬리*가 석방되었을 때 인신보호영장**에 반대해 목소리를 높인 사람들도 역시 이 주장을 내세웠다.

전체주의적인 방법에 힘을 실어주면, 그 방법이 자신에게도 사용되는 날이 올 수 있다는 것을 이 사람들은 모른다. 재판 없이 파시스트를 감옥에 가두는 일이 버릇이 되면, 그 버릇이 파시스트에서 더 나아가는 날이 올지도 모른다. 〈데일리 워커〉에 대한 세새가 풀린

---

*   Oswald Mosley, 1896~1980. 영국의 정치가 겸 네오파시스트 운동의 지도자.
**   구속의 적법 여부를 심사하기 위해 피구속자의 신병을 인도할 것을 명하는 법원의 영장.

직후, 나는 사우스 런던의 한 노동자 대학에서 강연을 하게 되었다. 청중은 노동 계급과 중하층 계급의 지식인들, 즉 좌익 북클럽의 여러 지점에서 만날 수 있었던 바로 그 사람들이었다. 나는 강연에서 언론의 자유라는 주제를 건드렸는데, 강연이 끝난 뒤 놀랍게도 여러 사람이 일어서서 내게 이런 질문을 던졌다. 〈데일리 워커〉에 대한 제재를 해제한 것이 큰 실수라고 생각하시지 않습니까? 내가 이런 질문을 던진 이유를 묻자 그들은 이 신문이 나라에 충성하는지 의심스러우니 전쟁 중에는 관용을 베풀지 말아야 한다고 말했다. 결국 여러 번 온갖 노력을 기울여 나를 헐뜯은 적이 있는 〈데일리 워커〉를 내가 변호하는 상황이 벌어졌다. 그런데 이 청중들은 기본적으로 전체주의적 성격을 지닌 이런 사고방식을 어디서 배웠을까? 바로 공산주의자들에게서 배웠음이 분명하다! 영국에는 관용과 품위가 깊이 뿌리를 내리고 있지만, 난공불락은 아니다. 따라서 관용과 품위가 생기를 잃지 않게 어느 정도 의식적인 노력을 기울여야 한다. 전체주의적인 주장을 펼치다 보면, 자유로운 사람들이 위험성 여부를 알아차릴 때 작동하는 본능이 약해진다. 모슬리의 사례가 이 점을 보여준다. 1940년에는 그가 법적인 의미의 범죄를 저질렀든 저지르지 않았든 상관없이, 그를 가둬두는 것이 절대로 옳았다. 우리는 목숨을 걸고 싸우는 중이었으므로, 어쩌면 반역자일 수도 있는 자를 자유로이 풀어둘 수 없었다. 그러나 1943년에는 재판도 없이 그에게 재갈을 물리는 것이 무도한 일이 되었다. 많은 사람들이 이 점을 보지 못하는 것은 나쁜 징조다. 비록 모슬리의 석방에 반대해서 소요가 일어난 데에는 인위적인 요소와 다른 불만들이 부분적으로 작용했다 해도 그렇다. 파시스트의 사고방식을 향해 미끄러지는 현재의 상황에 과거 10년 동안의 '반(反)파시즘'과 거기에 수반된 부도덕이 얼마나 영향을 미쳤을까?

소련에 열광하는 현재 분위기는 서구 자유주의 전통의 전반적인 약화를 나타내는 증상에 불과하다는 점을 알아야 한다. 만약 정보부가 나서서 이 책의 출판을 적극적으로 막았다 해도, 영국의 많은 지식인들은 전혀 동요하지 않았을 것이다. 소련에 무비판적으로 충성하는 것이 현재의 정설이므로, 소련의 이익과 관련된 일이라면 그들은 검열뿐만 아니라 고의적인 역사 위조조차 기꺼이 참아 넘긴다. 한 가지 사례를 들어보자. 《세계를 뒤흔든 열흘》(러시아 혁명 초기의 상황을 직접 목격하고 쓴 책)의 저자인 존 리드*가 세상을 떠난 뒤 그 책의 저작권은 영국 공산당의 것이 되었다. 리드가 그런 유언을 남겼던 것 같다. 몇 년 동안 이 책의 원본을 가능한 한 완벽하게 파괴해버린 영국 공산당은, 트로츠키에 대한 언급뿐만 아니라 레닌의 서문까지 멋대로 삭제해버린 판본을 내놓았다. 만약 영국에 급진적인 지식인들이 아직 존재했다면, 전국의 모든 관련 매체에 이런 위조 행위가 폭로되어 비난받았을 것이다. 그러나 실제로는 항의하는 목소리가 거의 없었다. 많은 영국 지식인들에게 이것이 아주 자연스러운 일로 보였기 때문이다. 지금 우연히 소련에 대한 열광이 유행처럼 번지게 된 것보다, 이런 식의 관용 또는 명백한 부정행위의

---

* John Reed, 1887~1920. 미국의 기자 겸 공산주의 활동가.

의미가 훨씬 더 크다. 특정한 유행이 영원히 지속되는 경우는 별로 없다. 모르긴 몰라도, 이 책이 출판될 때쯤이면 소련 정권에 대한 내 견해가 이미 일반적으로 받아들여지고 있을 수도 있다. 하지만 그 것만으로 무슨 소용이 있을까? 하나의 정설을 다른 정설과 교환하는 것이 항상 발전을 의미하지는 않는다. 우리의 적은 축음기 같은 정신이다. 그 축음기에서 지금 흘러나오는 음악에 우리가 동의하는지 동의하지 않는지는 중요하지 않다.

사상과 발언의 자유에 반대하는 모든 주장에 대해 나는 잘 알고 있다. 그런 자유는 존재할 수 없다는 주장, 존재해서는 안 된다는 주장. 여기에 나는 간단히 답한다. 나는 그런 주장을 납득할 수 없으며, 지난 400년 동안 우리 문명은 그 반대의 주장 위에 건설되었다고. 지난 10년 동안 나는 지금의 소련 정권이 대체로 사악한 존재라고 믿었다. 그리고 내게는 그런 말을 할 권리가 있다. 나 역시 승리하기를 원하는 전쟁에서 소련이 우리의 동맹이라 해도. 만약 내가 내 주장을 정당화해줄 문헌을 하나 고른다면, 밀턴의 다음 구절을 고를 것이다.

유구한 자유의 이미 알려진 규칙에 따라.

여기서 '유구하다'는 말은 지적인 자유가 뿌리 깊은 전통이라서 이 자유가 없다면 우리 서구 특유의 문화가 모호해진다는 사실을 강조해준다. 현재 우리의 많은 지식인들은 이 전통으로부터 눈에 띄게 돌아서고 있다. 그들은 책이 지닌 가치가 아니라 정치적인 편의에 따라 책을 출판할지 금지할지, 책에 찬사를 보낼지 비난을 퍼부을지 결정해야 한다는 원칙을 이미 받아들였다. 그리고 딱히 이런 생각을 갖고 있지 않은 사람들은 순전히 겁이 나서 이런 주장에 동의한다. 평소 목소리를 드높이던 영국의 수많은 평화주의자들이 소련 군국주의에 대한 숭배가 널리 유행하는 상황에 대해서는 목소리를 높이지 않는다는 사실이 한 예다. 이 평화주의자들은 모든 폭력이 사악하다고 주장하면서, 전쟁이 발발한 순간부터 내내 우리에게 굴복하라고, 아니면 하다못해 타협으로 평화를 이끌어내라고 촉구해왔다. 하지만 붉은군대가 수행하는 전쟁 또한 사악하다는 말을 한 사람이 그들 중에 과연 몇 명이나 될까? 물론 소련은 스스로를 방어할 권리가 있다. 그러나 우리가 소련을 옹호하는 것은 무서운 죄악이다. 이런 모순을 설명할 수 있는 방법은 하나뿐이다. 즉, 애국심의 방향이 영국보다는 오히려 소련을 향하고 있는 지식인 계층과 잘 지내고 싶다는 비겁한 욕망이 원인이라는 것이다. 영국의 지식인들이 이렇게 소심하고 정직하지 못한 태도를 보이는 데에는 수많은 이유가 있다. 나는 그들이 스스로를 정당화하려고 내놓는 주장을 다 외우고 있다. 하지만 파시즘에 맞서 자유를 옹호한다는 헛소리만은 이제 그만두자. 자유가 무엇을 의미하는지 하나만 꼽는다면, 사람들이 듣고 싶어 하지 않는 말을 할 권리를 꼽을 수 있다. 평범한 사람들은 아직 이 원칙에 어렴풋이 동의하며 이 원칙에 따라 행동한다. 하지만 우리나라에서 자유를 두려워하는 사람은 오히려 자유주의자들이고, 지성에 흙을 끼얹고 싶어 하는 사람은 지식인들이다(모든 나라의 상황이 똑같지는 않다. 공화국 프랑스나 미국의 상황은 다르다). 내가 이 서문을 쓴 것은 이 사실에 주의를 끌기 위해서다.*

---

* 《동물농장》의 서문으로 제출된 글. 1972년 9월 15일자 《타임스 리터러리 서플리먼트》에 버나드 크릭 경의 글과 함께 처음 발표되었다. 이안 앵거스가 1972년에 이 글의 원본 원고를 발견했다(조지 오웰 재단).

우크라이나어판 서문

1947년 3월, 조지 오웰

《동물농장》의 우크라이나어판에 서문을 써달라는 요청을 받았다. 이 글을 읽을 독자들에 대해 나는 아는 것이 전혀 없지만, 독자들 역시 십중팔구 나에 대해 조금이라도 알 수 있는 기회가 없었을 것이다.

대부분의 독자들은 이 서문에서 내가 어떻게《동물농장》을 쓰게 되었는지 이야기할 거라고 기대할 것이다. 그러나 그보다 먼저 나 자신에 대해, 그리고 어떤 경험을 거쳐 지금과 같은 정치적 입장에 도달했는지에 대해 말하고 싶다.

나는 1903년에 인도에서 태어났다. 아버지는 인도 총독부의 관리였고, 우리 집안은 군인, 성직자, 관리, 교사, 변호사, 의사 등을 배출한 평범한 중산층이었다. 나는 영국 사립 학교 중 가장 학비가 비싸고 가장 거들먹거리는 학교인 이튼에서 공부했다. 내가 그 학교에 입학한 것은 순전히 장학금 덕분이었다. 장학금이 없었다면 아버지는 학비를 감당하지 못했을 것이다.

학업을 마친 직후(아직 스무 살도 채 되지 않았을 때다) 나는 버마로 가서 인도 제국 경찰이 되었다. 스페인의 시민 경찰이나 프랑스의 기동대와 아주 흡사한 일종의 헌병, 즉 무장 경찰이었다. 나는 그곳에서 5년 동안 근무했다. 당시에는 버마에서 민족주의가 그리 두드러지지 않았고 영국인과 버마인의 사이가 별로 나쁘지 않았는데도 그 일은 내게 맞지 않았고, 나는 제국주의를 증오하게 되었다. 그래서 1927년에 휴가를 내고 영국에 와 있다가 제국 경찰을 그만두고 작가가 되기로 결심했다. 처음에는 작가로 이렇다 할 성공을 거두지 못했다. 1928~1929년에 나는 파리에 살면서 단편과 장편을 썼으나 작품을 실어주겠다는 곳이 없었다(그 뒤로 이 작품들을 모두 없애버렸다). 그때부터 몇 년 동안 나는 대개 근근이 생계를 이어가면서 여러 번 끼니를 굶기도 했다. 내가 글을 써서 번 돈으로 먹고살 수 있게 된 것은 1934년부터였다. 그동안 나는 가난한 동네에서도 가장 환경이 나쁜 곳에 거주하거나 아니면 거리에서 구걸과 도둑질로 살아가는 가난한 반(半)범죄자들과 가끔 한 번에 몇 달씩 어울려 살곤 했다. 당시에는 돈이 없어서 그들과 어울렸으나, 나중에는 그들의 생활 방식 자체에 큰 관심을 갖게 되었다. 그래서 잉글랜드 북부의 광산촌에서 몇 달을 살면서(이번에는 좀 더 체계적으로 준비했다) 그곳 광부들의 상황을 연구했다. 1930년까지 나는 스스로 사회주의자라고 생각하지 않았다. 사실 정치적으로 뚜렷하게 확립된 견해가 아직 없을 때였다. 내가 사회주의 쪽으로 기울게 된 것은 계획 사회에 대한 이론적인 감탄 때문이라기보다는 가난한 노동자들이 억압받고 무시당하는 현실에 대한 반감 때문이었다.

1936년에 나는 결혼했다. 그리고 일주일도 안 돼서 스페인 내전이 발발했다. 아내와 나는 스페인으로 가서 스페인 정부를 위해 싸우고 싶었다. 내가 그때 쓰고 있던 책을 6개월 뒤에 끝내자마자 우리는 떠날 준비를 했다. 나는 스페인 아라곤 전선에서 거의 6개월 동안 머무르다가 우에스카에서 파시스트 저격수의 총에 맞아 목에 관통상을 입었다.

내전 초기 외국인들은 스페인 정부를 지지하는 다양한 정치 세력 사이의 내부 투쟁을 대체로 알지 못했다. 나는 일련의 우연 때문에 대다수 외국인처럼 국제여단에 합류하지 않고 POUM(마르크스주의통일노동자당) 민병대, 즉 스페인의 트로츠키주의 부대에 들어가게 되었다.

따라서 공산당이 스페인 정부를 (부분적으로) 장악하고 트로츠키주의자들을 사냥하기 시작한 1937년 중반에 우리는 쫓기는 처지가 되었다. 우리가 단 한 번도 체포되지 않고 살아서 스페인을 빠져나온 것은 정말 행운이었다. 총에 맞은 친구들이 많았고, 오랫동안 감금되거나 감쪽같이 사라져버린 친구들도 있었다.

소련의 대숙청과 같은 시기에 스페인에서 일어난 이 인간 사냥은 소련 대숙청의 부록 같은 것이었다. 소련은 물론 스페인에서도 적용된 혐의(즉, 파시스트와의 공모)는 본질적으로 똑같았으며, 적어도 스페인에 관한 한 나는 그 혐의가 누명이라고 믿을 만한 근거를 충분히 갖고 있다. 이 모든 경험이 내게는 소중하고 객관적인 교훈이 되었다. 전체주의 선전이 민주 국가의 계몽된 사람들을 얼마나 쉽게 휘두를 수 있는지 나는 여기서 배웠다.

아내와 나는 무고한 사람들이 단순히 정통에서 어긋난 것으로 의심된다는 이유만으로 감옥에 갇히는 것을 보았다. 그런데 영국에 돌아와 보니, 분별 있고 아는 것이 많은 사람들이 모스크바에서 벌어진 재판에 대해 언론이 보도한 내용, 즉 지극히 공상적인 음모, 반역, 파괴 활동 혐의를 그대로 믿고 있었다.

그렇게 해서 나는 소련의 허구적 신화가 서구의 사회주의 운동에 미친 부정적인 영향을 어느 때보다 명확히 이해했다.

여기서 잠시 소련 정권에 대한 내 태도를 먼저 설명해야겠다.

나는 소련에 가본 적이 없으므로, 내가 소련에 대해 알고 있는 지식은 모두 책과 신문을 통해 얻은 것이다. 설사 내게 소련의 국내 상황에 개입할 힘이 있다 해도, 실제로 개입하고 싶지는 않을 것이다. 야만적이고 비민주적인 방법을 사용한다는 이유만으로 스탈린과 그의 부하들을 비난하지도 않을 것이다. 혹시 그들의 의도가 세상에서 가장 선한 것이었다 해도, 그곳의 상황을 감안하면 다른 방식을 사용하기가 불가능했을 수도 있다.

하지만 서유럽 사람들이 소련 정권의 참모습을 알아차리는 것이 내게는 무엇보다 중요했다. 1930년 이후로 나는 소련이 진정한 사회주의라고 부를 수 있는 형태를 향해 나아간다는 증거를 거의 보지 못했다. 오히려 소련이 위계 사회로 변해가고 있다는 명백한 징조들이 충격적이었다. 이런 위계 사회의 지배자들은 다른 나라의 지배 계급과 마찬가지로 자신의 권력을 포기할 이유가 없다. 게다가 영국 같은 나라의 노동자와 지식인은 오늘날의 소련이 1917년의 모습과 완전히 다르다는 사실을 이해하지 못한다. 그들이 이해하고 싶어 하지 않기 때문이기도 하고(다시 말해서 그들은 어딘가에 진정한 사회주의 국가가 실제로 존재한다고 믿고 싶어 한다), 상대적으로 자유롭고 온건한 사회에 익숙한 사람들이라 전체주의를 전혀 이해하지 못하기 때문이기도 하다.

그러나 영국이 완벽한 민주 사회가 아니라는 점을 잊으면 안 된다. 영국은 또한 계급에 따른 커다란 특권과 (모두를 평등하게 만드는 경향이 있는 전쟁을 치르고 난 지금도 사라지지 않은) 커다란 빈부 격차가 존재하는 자본주의 국가다. 그래도 이 나라에서 사람들은 수백 년 동안 대규모 분쟁 없이 함께 살았다. 법률 또한 비교적 정의로운 편이고, 거의 모든 공식적인 뉴스와 통계도 믿을 만하다. 그리고 마지막으로, 소수의 견해를 지지하거나 주장해도 목숨이 위험해지지 않는다. 이런 사회의 평범한 사람들은 강제수용소, 집단 추방, 재판 없는 구금, 언론 검열 같은 것을 제대로 이해하지 못한다. 그들은 소련 같은 나라에 대한 글을 읽을 때마다 그것을 자동적으로 영국식으로 변환해서 이해한다. 그렇게 해서 전체주의의 거짓 선전을 아주 순진하게 받아들이게 되는 것이다. 1939년까지, 아니 그 이후에도 대다수의 영국인은 독일 나치 정권의 본질을 파악하지 못했다. 그리고 지금은 소련 정권에 대해 또 같은 종류의 환상을 품고 있다.

이것이 영국에서 사회주의 운동에 커다란 피해를 입히고, 영국 외교 정책에도 심각한 결과를 초래했다. 사실 내 생각에는 소련이 사회주의 국가라는 믿음, 그 나라 통치자들의 모든 행동을 흉내 낼 것까지는 없다 해도 너그러이 봐줄 필요는 있다는 믿음만큼 원래 사회주의의 이상을 타락시키는 데 크게 기여한 요소는 없는 듯하다.

지난 10년 동안 나는 사회주의 운동의 부활을 원한다면 반드시 소련의 허구적인 신화를 파괴하는 것이 필수적이라는 확신을 얻었다.

스페인에서 돌아온 뒤 나는 거의 모든 사람이 쉽게 이해할 수 있고 다른 나라 말로 번역하기도 쉬운 이야기를 써서 소련의 거짓을 폭로할 생각을 했다. 그러나 이 이야기를 실제로 어떻게 쓸 것인지 상세한 아이디어가 한동안 떠오르지 않다가 어느 날 아마 열 살쯤 된 것 같은 사내아이가 좁은 길에서 커다란 말이 끄는 짐마차를 몰면서 말이 방향을 바꾸려고 할 때마다 채찍을 휘두르는 것을 보았다(당시 나는 작은 마을에 살고 있었다). 그때 문득 만약 저런 동물들이 제게 힘이 있음을 깨닫는다면 우리는 녀석들에게 아무런 힘을 행사할 수 없을 것이라는 생각, 인간이 동물을 착취하는 방식과 부자가 프롤레타리아를 착취하는 방식이 아주 흡사하다는 생각이 들었다.

그래서 나는 동물의 관점에서 마르크스의 이론을 분석해보았다. 그들의 관점에서 인간들 사이의 계급 투쟁이라는 개념은 확실히 순전한 환상에 불과했다. 동물을 착취할 때는 항상 모든 인간이 동물에 맞서 하나가 되기 때문이다. 진정한 투쟁은 동물과 인간 사이에 존재한다. 이것을 출발점으로 삼아 이야기에 살을 붙이는 일은 그리 어렵지 않았다. 내가 1943년에야 이 이야기를 글로 쓰게 된 것은 항상 다른 일을 하느라 시간이 없었기 때문이다. 하지만 그 덕분에 나는 테헤란 회담* 같은 실제 사건들을 작품에 포함시킬 수 있었다. 내가 실제로 펜을 들기 전에 6년이라는 세월 동안 이 이야기의 기둥

---

* 제2차 세계대전 중인 1943년 11월 28일부터 12월 1일까지 루스벨트, 처칠, 스탈린이 테헤란에 모여서 연 미·영·소 3국 정상 회담.

줄거리가 내 머릿속에 있었던 셈이다.

이 작품에 대해 내가 이러쿵저러쿵 말하고 싶지는 않다. 만약 이 소설이 스스로를 대변하지 못한다면 실패작이다. 그래도 강조하고 싶은 것이 두 가지 있다. 첫째, 실제 러시아 혁명의 역사에서 여러 일화들을 가져왔지만 이 소설에는 개략적으로만 사용했으며 시간적인 순서도 실제와 다르게 바꿔놓았다. 이야기의 균형을 위해 그럴 수밖에 없었다. 내가 두 번째로 강조하고 싶은 점은 대부분의 비평가들이 미처 보지 못하고 지나쳤는데, 아마도 내가 충분히 강조하지 않은 탓인 듯하다. 소설을 다 읽고 책을 덮으면서 이 소설이 돼지와 인간의 완전한 화해로 끝난다는 인상을 받을 독자가 많을지도 모른다. 하지만 내 의도는 그런 것이 아니다. 오히려 나는 커다랗게 울리는 불협화음 속에서 소설을 끝내려고 했다. 소련과 서구 사이에 최대한 좋은 관계를 확립했다고 누구나 평가하던 테헤란 회담 직후에 내가 이 작품을 썼기 때문이다. 개인적으로 나는 그런 좋은 관계가 오래가지 않을 것이라고 믿었다. 그리고 그 뒤에 벌어진 일들은 내가 그리 틀리지 않았음을 보여주었다.

더 이상 무엇을 덧붙여야 할지 모르겠다. 혹시 나의 개인사에 관심이 있는 사람들을 위해 덧붙이자면, 나는 아내를 잃고 세 살이 다 된 아들을 혼자 키우고 있으며, 직업은 작가이고, 전쟁이 발발한 뒤로는 주로 기자로 일하고 있다.

내가 가장 자주 글을 기고하는 간행물은《트리뷴》인데, 대략적으로 말해서 노동당의 좌익을 대변하는 사회 정치 주간지다. 평범한 독자들은 다음에 열거한 내 저서에 가장 관심이 있을지도 모르겠다 (이 번역본 독자들이 내 저서를 구할 수 있다면).

《버마 시절》(버마에 대한 이야기)

《카탈로니아 찬가》(스페인 내전 때의 내 경험을 바탕으로 쓴 책)

《비평 에세이》(주로 현재 영국에서 인기 있는 문학작품을 다룬 에세이들을 모은 책인데, 문학적 관점보다는 사회학적인 관점에서 더 유익한 부분이 많다).

동물농장

1

매너 농장의 존스 씨는 야간 문단속을 하면서 닭장 문을 잠갔지만, 술에 너무 취한 나머지 개구멍을 막아야 한다는 사실을 깜박 잊어버렸다. 손에 든 램프의 동그란 불빛이 좌우로 춤추듯 흔들리는 가운데 그는 비틀비틀 마당을 가로질러 가서 뒷문 앞에서 부츠를 아무렇게나 벗어 던진 뒤, 싱크대의 술통에서 마지막 맥주 한 잔을 마시고 존스 부인이 벌써 코를 골며 자고 있는 침대로 올라갔다.

침실의 불이 꺼지자마자 농장의 모든 건물에서 웅성웅성, 푸드덕푸드덕 소란이 일었다. 미들화이트 품종의 훌륭한 수퇘지인 메이저 영감이 전날 밤 이상한 꿈을 꾸었다며 다른 동물들에게 그 이야기를 전해주고 싶어 한다는 말이 낮에 농장을 한 바퀴 돌았기 때문이다. 그들은 존스 씨가 완전히 물러가자마자 커다란 헛간에 모두 모이기로 했다. 농장의 동물들은 메이저 영감(그는 항상 이렇게 불렸지만, 옛날에 품평회에 나갔을 때의 이름은 윌링던 뷰티였다)을 워낙 존경했기 때문에, 다들 그의 말을 듣기 위해서라면 잠을 한 시간 희생하는 것쯤 아무 일도 아니었다.

커다란 헛간의 한쪽 끝, 바닥보다 높은 연단처럼 생긴 곳에서 메이저가 벌써 지푸라기 침대 위에 편안히 앉아 있었다. 머리 위 들보에는 등불이 매달려 있었다. 이제 열두 살인 그는 최근 조금 뚱뚱해졌지만, 여전히 위풍당당한 돼지였다. 엄니를 한 번도 잘라준 적이 없는데도, 얼굴은 현명하고 자비롭게 보였다. 오래지 않아 다른 동물들이 속속 나타나서 각각 자기만의 방식으로 편안히 자리를 잡았다. 가장 먼저 도착한 것은 블루벨, 제시, 핀처, 이렇게 세 마리 개였고, 그다음에 나타난 돼지들은 연단 바로 앞의 짚더미 속에 자리를 잡았다. 암탉들은 창턱에 앉았고, 비둘기들은 서까래로 파닥파닥 올라갔다. 양들과 암소들은 돼지들 뒤에 누워 되새김질을 시작했다. 수레를 끄는 두 마리 말 복서와 클로버는 아주 느린 걸음으로 함께 들어왔다. 그들은 짚더미 속에 혹시 작은 동물이 있을까 싶어서 털이 숭숭 난 거대한 발굽을 내려놓을 때 몹시 주의를 기울였다. 클로버는 살찐 엄마 같은 암말로, 나이가 중년에 가까웠다. 그녀는 넷째 망아지를 낳은 뒤 영영 원래의 몸매를 회복하지 못했다. 복서는 몸집이 엄청 거대해서 키가 거의 손바닥 열여덟 개만큼 되었다. 힘은 평범한 말 두 마리를 합한 것만큼 셌다. 코를 따라 하얀 줄무늬가 하나 있어서 얼굴은 좀 멍청하게 보이는 편이었다. 사실 지능이 1급에 속하지는 않았다. 그래도 착실한 성격과 일할 때 발휘하는 엄청난 힘 때문에 누구에게나 존경받았다. 이 두 말의 뒤를 이어 하얀 염소 뮤리얼과 당나귀 벤저민이 들어왔다. 벤저민은 이 농장에서 가장 나이가 많고, 가장 성격이 고약한 동물이었다. 거의 말이 없는 성격인데, 어쩌다 말을 하더라도 냉소적인 말이 대부분이었다. 예를 들어, 하느님이 파리를 쫓으라고 자신에게 꼬리를 주셨지만 그보다는 꼬리도 파리도 없는 편이 나았을 것이라고 말하는 식이었다. 농장의 동물들 중에서 벤저민만이 전혀 웃지 않았다. 누가 이유를 물어보면, 그는 웃을 일이 전혀 없다고 말했다. 그래도 그는 복서에게 헌신적이었다. 비록 드러내놓고 그 사실을 인정하지는 않았지만. 벤저민과 복서는 과수원 뒤편의 작은 방목장에서 아무 말 없이 나란히 풀을 뜯으며 일요일을 보낼 때가 많았다.

복서와 클로버가 막 자리를 잡고 누웠을 때, 어미를 잃은 새끼 오리 형제들이 헛간으로 줄지어 들어왔다. 녀석들은 가느다란 소리로 삐악거리며 남의 발에 밟히지 않을 자리를 찾아 우왕좌왕했다. 클로버가 커다란 앞다리로 녀석들 주위에 일종의 벽 같은 것을 만들어주자 녀석들은 그 안에 아늑하게 자리를 잡고서 금방 잠들어버렸다. 마지막 순간에 멍청하고 예쁜 하얀 암말 몰리가 우아하게 종종걸음을 치며 들어왔다. 존스 씨의 이륜마차를 끄는 그녀는 각설탕을 씹고 있었다. 몰리는 앞줄 근처에 자리를 잡고서 하얀 갈기를 획획 움직이기 시작했다. 거기에 엮어둔 빨간 리본에 시선을 끌고 싶어서였다. 가장 마지막으로 들어온 고양이는 여느 때처럼 가장 따뜻한 자리를 찾아 두리번거리다가 결국 복서와 클로버 사이에 끼어 앉았다. 그러고는 메이저가 말하는 동안 내내 한 마디도 듣지 않고 기분 좋게 목을 울리기만 했다.

이제 얌전한 갈까마귀 모지스만 빼고 모든 동물이 모였다. 모지스는 뒷문 뒤편의 횃대에서 잠들어 있었다. 메이저는 모두 편안히 자리를 잡고서 열심히 기다리는 것을 보고 헛기침을 한 번 한 뒤 입을 열었다.

"동무들, 내가 어젯밤에 이상한 꿈을 꾸었다는 말은 이미 들었을 것이오. 하지만 그 꿈 이야기는 나중에 하기로 하고, 먼저 말할 것이 있소. 동무들, 내 생각에 내가 여러분과 함께할 날이 이제 몇 달 남지 않은 것 같소. 그래서 죽기 전에 내가 그동안 얻은 지혜를 여러분에게 전해주는 것이 내 의무라는 생각이 들었소. 지금까지 살아온 세월이 긴 만큼, 나는 내 우리에 혼자 누워 생각할 시간이 많았소. 그러니 이 지상에서 살아가는 삶의 본질에 대해 지금 살아 있는 어느 동물 못지않게 잘 이해한다고 말해도 될 듯하오. 내가 여러분에게 말하고자 하는 것이 바로 이것이오.

자, 동무들, 우리 삶의 본질이 무엇이오? 우리 외면하지 맙시다. 우리의 삶은 비참하고, 고되고, 짧소. 우리는 태어나서 숨이 끊어지지 않을 만큼만 먹이를 받고, 힘이 있는 자들은 마지막 티끌만 한 힘이 다할 때까지 억지로 노동을 해야 하오. 그러다 쓸모가 사라지자마자 끔찍하고 잔인하게 도살당하지. 영국의 어느 동물도 한 살이 된 이후에는 행복이나 여가의 의미를 모르오. 영국의 어느 동물도 자유롭지 않소. 동물의 삶은 비참한 노예 생활이오. 이것이 분명한 진실이야.

하지만 과연 이것이 자연의 질서일까? 우리가 살고 있는 이 땅이 너무나 가난해서 그 땅의 생명들에게 그럴듯한 삶을 보장해줄 여유가 없는 것이오? 아니오, 동무들. 천 번, 만 번, 아니야! 영국의 땅은 비옥하고 기후도 좋아서, 지금보다 엄청나게 많은 동물들이 산다 해도 먹을 것을 풍족하게 제공해줄 수 있소. 우리가 살고 있는 이 농장 하나만으로도 말 열두 마리, 암소 스무 마리, 양 수백 마리를 먹일 수 있을 것이오. 심지어 그 동물들 모두가 지금 우리는 거의 상상조차 할 수 없는 편안함과 품위까지 누릴 수 있을 테지. 그렇다면 우리는 왜 이렇게 비참한 생활을 계속해야 하오? 우리의 노동으로 만들어진 농산물을 인간들이 거의 전부 훔쳐가기 때문이오. 우리가 가진 모든 문제의 답이 여기 있소, 동무들. 답은 딱 한 마디, 인간이오. 인간이야말로 우리에게 유일한 진짜 적이오. 인간을 몰아내면, 굶주림과 과로의 근원이 영원히 사라질 것이오.

인간은 생산하지 않고 소비만 하는 유일한 생물이오. 인간은 우유를 내놓지도 않고, 알을 낳지도 않고, 힘이 너무 약해서 쟁기를 끌지도 못하고, 달리기가 느려서 토끼를 잡지도 못하오. 그런데도 모든 동물의 주인이야. 인간은 동물들에게 일을 시키고, 동물들이 굶어 죽지 않을 만큼만 보상을 하고, 나머지는 자기가 다 갖는다오. 우리의 노동이 땅을 갈고, 우리의 똥이 그 땅을 비옥하게 하는데도, 우리 모두 벌거벗은 가죽밖에 가진 것이 없소. 지금 내 앞에 보이는 암소들, 여러분이 작년 한 해 동안 내어놓은 우유가 몇천 갤런이나 되오? 튼튼한 송아지를 길러냈어야 할 그 우유가 어찌 되었소? 한 방울도 남김없이 우리 적들의 목구멍으로 흘러들어갔소. 그리고 암탉들, 작년에 여러분이 낳은 알이 몇 개이며 그중에 병아리가 된 알이 몇 개요? 나머지는 모두 시장으로 가서 존스 일당에게 돈을 벌어주었소. 그리고 당신, 클로버, 당신이 낳은 망아지 네 마리는 어디 있소? 당신이 늙으면 당신을 부양하고 기쁘게 해줬어야 하는 아이들인데. 모두 한 살 때 팔려 나갔소. 당신은 두 번 다시 그 아이들을 볼수 없을 테지. 당신은 네 번 해산을 하고 계속 밭에서 일한 대가로 그보잘것없는 먹이와 마구간 한 칸 외에 무엇을 얻었소?

게다가 우리에게는 이 비참한 삶이나마 수명대로 마치는 것조차 허락되지 않소. 내 처지를 불평하는 것은 아니오. 나는 운이 좋은 편에 속하니까. 열두 살까지 살면서 나는 400마리가 넘는 자식을 두었소. 돼지의 자연스러운 삶을 산 것이지. 그러나 결국은 어떤 동물도 잔인한 칼날을 피하지 못하오. 지금 내 앞에 앉아 있는 너희 어린 돼지들, 너희 모두 1년 안에 도살대에서 죽어라 비명을 지르게 될 것이다. 그런 끔찍한 운명은 우리 모두의 것이오. 소, 돼지, 닭, 양, 모두. 심지어 말과 개의 형편도 더 나을 것이 없소. 복서, 당신의 그 힘센 근육이 힘을 잃는 순간 존스는 당신을 폐마 도살업자에게 팔아넘길 거요. 그러면 그는 당신의 목을 베고 당신의 살을 삶아서 여우사냥개의 먹이로 만들겠지. 개들도 나이를 먹어 이가 다 빠지고 나면, 존스가 목에 벽돌을 하나 묶어 가까운 연못에 빠뜨린다오.

우리 삶의 모든 나쁜 것이 인간의 폭정에서 나온다는 사실이 수정처럼 분명하지 않소, 동무들? 인간만 없애면, 우리가 노동으로 생산한 모든 것이 우리 것이 될 것이오. 거의 하루아침에 우리는 부유하고 자유로워질 수 있소. 그럼 우리가 무엇을 해야 할까? 물론 인류를 타도하기 위해 밤이나 낮이나, 몸과 영혼을 바쳐 애써야 하오! 이것이 내가 여러분에게 전하는 메시지요, 동무들. 봉기하라! 그 봉기의 때가 언제 올지 나는 모르오. 일주일 뒤일 수도 있고 100년 뒤일 수도 있겠지. 하지만 이건 알고 있소. 지금 내가 밟고 있는 지푸라기처럼 선명하게 아는 것. 바로 조만간 정의가 이루어지리라는 것이오. 얼마 남지 않은 여러분의 생애 동안 내내 거기서 눈을 떼지 마시오, 동무들! 그리고 무엇보다 이 메시지를 후대에 전달하시오. 미래 세대가 승리의 순간까지 투쟁을 계속 이어갈 수 있도록.

여러분의 결의가 흔들리면 안 된다는 점을 명심하시오, 동무들. 그 어떤 주장에도 길을 잃으면 안 되오. 인간과 동물에게 공통의 이해관계가 있고, 한쪽의 번영이 곧 다른 한쪽의 번영이라는 말에 절대 귀 기울이지 마시오. 그건 모두 거짓이니까. 인간은 오로지 자신의 이익을 위해 움직일 뿐이오. 우리 동물들은 서로 완벽히 하나가 되어 완벽한 동지 의식으로 투쟁합시다. 인간은 모두 적이고, 동물은 모두 동지요."

이 순간 엄청난 소란이 일었다. 메이저가 연설하는 동안 커다란 쥐 네 마리가 구멍에서 기어 나와 엉덩이를 대고 주저앉아서 그의 말을 열심히 듣고 있었다. 개들이 문득 녀석들을 발견했으나, 쥐들은 재빨리 구멍으로 질주해 간신히 목숨을 건졌다. 메이저가 조용히 하라는 신호로 앞발을 들어 올렸다.

"동무들, 여기서 분명히 정해야 할 것이 있소. 쥐나 토끼 같은 야생동물은 우리의 친구요, 적이요? 이걸 투표에 부칩시다. 내가 안건을 제기하겠소. 쥐는 동지인가?"

당장 투표가 실시되었다. 그 결과 압도적인 다수의 찬성으로 쥐가 동지라는 결론이 내려졌다. 반대표를 던진 동물은 개 세 마리와 고양이뿐이었는데, 고양이는 양쪽에 모두 투표한 것으로 나중에 밝혀졌다. 메이저가 말을 이었다.

"내가 할 말은 거의 다 했소. 그저 다시 한번 반복하자면, 인간과 그들의 방식에 모두 적대해야 한다는 의무를 항상 명심하시오. 무엇이든 두 다리로 돌아다니는 것들은 적이오. 무엇이든 네 다리로 걷거나 날개가 있는 자들은 친구요. 또한 인간에 맞서 싸우다가 그들을 닮아버리면 안 된다는 점을 명심하시오. 여러분이 인간을 정복한 뒤에도, 그들의 악덕을 닮지 마시오. 어떤 동물도 집 안에서 살거나, 침대에서 자거나, 옷을 입거나, 술을 마시거나, 담배를 피우거나, 돈을 만지거나, 거래에 참여해서는 안 되오. 인간의 습관은 모두 악이오. 그리고 무엇보다도 동물은 절대 동포에게 폭정을 휘두르지 말아야 하오. 약하든 강하든, 영리하든 단순하든, 우리는 모두 형제요. 어떤 동물도 다른 동물을 죽여서는 안 되오. 모든 동물은 평등하오.

자, 동무들, 이제 어젯밤 내가 꾼 꿈에 대해 이야기하겠소. 그 꿈을 여러분에게 설명할 수는 없소. 인간이 사라진 뒤의 지상을 보여주는 꿈이었소. 하지만 그 꿈 덕분에 나는 오랫동안 잊고 있던 것을 떠올렸소. 오래전, 내가 어린 돼지였을 때, 어머니를 비롯한 여러 암퇘지들이 부르던 옛 노래가 있소. 그분들은 그 노래의 곡조와 가사의 맨 첫 단어 세 개밖에 몰랐지. 나도 아기 때는 그 곡조를 알고 있었는데, 그 뒤로 오랫동안 내 머릿속에서 그 곡조가 사라져버렸소. 하지만 어젯밤 꿈에서 그 곡조가 되살아났지 뭐요. 게다가 노래의 가사도 생각났소. 틀림없이 아주 오래전에 동물들이 부르던 가사요. 몇 세대 동안 기억에서 잊혔던 가사. 이제 그 노래를 여러분에게 불러주겠소, 동무들. 내 나이 때문에 목소리가 탁하지만, 내가 곡조를 가르쳐주면 여러분은 나보다 더 잘 부를 수 있을 거요. 제목은 〈잉글랜드의 동물들〉이오."

메이저 영감은 목을 가다듬은 뒤 노래를 부르기 시작했다. 방금 말한 것처럼 그의 목소리는 탁했지만, 노래 솜씨는 좋은 편이었다. 심금을 울리는 곡조도 〈클레멘타인〉과 〈라 쿠카라차〉의 중간쯤 되었다. 가사는 다음과 같았다.

> 잉글랜드의 동물들이여, 아일랜드의 짐승들이여,
> 모든 땅 모든 나라의 짐승들이여,
> 나의 기쁜 소식을 들으라
> 황금의 미래에 대한 소식.
>
> 조만간 그날이 온다,
> 폭군 인간이 타도되고,
> 잉글랜드의 비옥한 땅에는
> 짐승들의 발자국만 남는 날.
>
> 코뚜레가 사라지고,
> 멍에가 사라지고,
> 재갈과 박차는 영원히 녹슬어가고,
> 잔인한 채찍 소리는 이제 없을 것이다.

상상도 할 수 없는 풍요,
밀과 보리, 귀리와 건초,
토끼풀, 콩, 사탕무가
그날 우리 것이 되리니.

잉글랜드의 들판이 밝게 빛나리라,
물은 더 맑아지리라,
더 달콤한 산들바람이 불어오리라,
우리가 해방되는 그날에.

그날을 위해 우리 모두 힘써야 한다,
그날이 오기 전에 죽는다 해도.
소와 말, 거위와 칠면조,
모두 자유를 위해 땀 흘려야 한다.

잉글랜드의 동물들이여, 아일랜드의 짐승들이여,
모든 땅 모든 나라의 짐승들이여,
나의 기쁜 소식을 들으라
황금의 미래에 대한 소식.

이 노래를 들으면서 동물들은 미친 듯이 흥분했다. 메이저가 노래를 다 끝마치기도 전에 그들은 직접 노래를 부르기 시작했다. 가장 멍청한 동물들도 이미 곡조를 다 익히고, 가사도 조금 외웠다. 돼지와 개처럼 영리한 동물들은 몇 분도 안 돼서 노래 전체를 외워버렸다. 그러고는 다들 몇 번 연습하듯 노래를 불러본 뒤, 엄청난 소리로 입을 맞춰 농장 전체가 떠나가라 〈잉글랜드의 동물들〉을 불렀다. 암소는 음매음매, 개는 낑낑, 양은 매애매애, 말은 히힝히힝, 오리는 꽥꽥. 노래를 부르면서 어찌나 즐거웠는지 다섯 번이나 연달아 불렀다. 중간에 방해가 없었다면, 밤새 그 노래를 불렀을지도 모른다.

그러나 불행히도 그 소란에 깨어난 존스 씨가 침대에서 튀어나와 마당에 여우가 들어왔는지 확인한 뒤, 항상 침실 구석에 세워두는 총을 들고 어둠을 향해 총알을 발사했다. 총알들이 헛간 벽에 박히자, 모임이 서둘러 흩어졌다. 모두들 자신의 잠자리로 도망쳤다. 새들은 횃대로 펄쩍 뛰어 올라가고, 다른 동물들은 지푸라기 위에 자리를 잡았다. 순식간에 농장 전체가 잠들었다.

2

사흘 뒤 밤에 메이저 영감은 자다가 평화로이 숨을 거뒀다. 그의 시체는 과수원 기슭에 묻혔다.

그때가 3월 초였다. 그다음 석 달 동안 비밀리에 많은 활동이 벌어졌다. 농장의 머리 좋은 동물들은 메이저의 연설을 듣고 완전히 새로운 시각으로 삶을 바라보게 되었다. 메이저가 예언한 봉기가 언제 일어날지는 알 수 없었다. 자신들이 살아 있을 때에 일어날 것이라고 생각할 수도 없었다. 그러나 그들은 봉기를 준비하는 것이 자신의 의무임을 분명히 깨달았다. 다른 동물들을 가르치고 조직하는 일은 자연스레 돼지들의 몫이 되었다. 그들이 동물들 중 가장 영리하다고 전체적으로 인정받고 있기 때문이었다. 돼지들 중에서도 특히 스노볼과 나폴레옹이라는 젊은 수돼지 두 마리가 눈에 띄었다. 존스 씨가 내다 팔기 위해 기르고 있는 돼지들이었다. 나폴레옹은 덩치가 크고, 다소 사납게 생긴 버크셔 돼지였다. 이 농장의 유일한 버크셔 품종인 그는 말이 별로 없었지만, 자신의 뜻을 관철하는 편이라는 평판을 얻었다. 스노볼은 나폴레옹에 비해 쾌활한 편으로, 말이 빠르고 생각이 창의적이었다. 하지만 나폴레옹만큼 깊이 있는 성격으로 평가되지는 않았다. 농장의 다른 수퇘지들은 모두 식용이었다. 그중에 가장 유명한 녀석은 스퀼러라는 작고 뚱뚱한 돼지였다. 뺨이 아주 동그랗고, 눈이 반짝이고, 움직임이 민첩하고, 목소리가 째지는 듯 날카로웠다. 말솜씨는 눈이 부셨다. 뭔가 어려운 주장을 펼칠 때 그는 좌우로 펄쩍펄쩍 뛰면서 꼬리를 획획 흔드는 버릇이 있었는데, 그것이 왠지 커다란 설득력을 발휘했다. 다른 돼지들은 스퀼러가 검은 것을 흰 것으로 바꿔놓을 수도 있을 것이라고 말했다.

이 세 돼지가 메이저 영감의 가르침을 완전한 사상 체계로 다듬었다. 그리고 거기에 동물존중주의라는 이름을 붙였다. 일주일에 며칠씩, 존스 씨가 잠든 밤에 그들은 헛간에서 비밀 회합을 열어 동물존중주의의 원칙을 다른 동물들에게 상세히 설명했다. 처음에 동물들은 멍청하고 냉담한 반응을 보였다. 어떤 동물들은 존스 씨를 '주인'이라고 부르며, 그에게 충성할 의무가 있다고 말하기도 하고, "존스 씨가 우리를 먹여주잖아. 존스 씨가 사라지면 우리는 굶어 죽을 거야" 같은 초보적인 말을 하기도 했다. "우리가 죽은 다음에 무슨 일이 벌어지든 우리가 왜 신경을 써야 해?"라든가, "이 봉기라는 것이 어차피 일어날 일이라면, 우리가 그것을 위해 노력하든 안 하든 달라질 게 없잖아?" 같은 질문을 하는 동물들도 있었다. 그래서 세 돼지는 그런 생각이 동물존중주의의 정신과 어긋난다는 점을 설득하느라 크게 애를 먹었다. 무엇보다도 멍청한 질문을 던진 것은 하얀 암말 몰리였다. 그녀가 스노볼에게 가장 먼저 던진 질문은 이거였다. "봉기 이후에도 설탕이 있을까?"

"아니." 스노볼이 단호하게 말했다. "이 농장에는 설탕을 만들 수단이 없어. 게다가 너한테 설탕은 필요하지 않아. 귀리와 건초를 마음껏 갖게 될 거야."

"그럼 갈기에 계속 리본을 매달아도 돼?" 몰리가 물었다.

"동무." 스노볼이 말했다. "네가 그토록 좋아하는 리본은 노예의 표시야. 자유가 리본보다 더 귀하다는 걸 모르겠어?"

몰리는 알겠다고 고개를 끄덕였지만, 스노볼의 말을 그리 믿는 눈치는 아니었다.

얌전한 갈까마귀 모지스가 내놓는 거짓말에 반격하는 일은 세 돼지에게 이보다 훨씬 더 힘들었다. 존스 씨의 특별한 애완동물인 모지스는 첩자이자 고자질쟁이였으나, 영리하게 말을 잘하는 재주가 있었다. 그는 슈가캔디 산이라는 신비의 땅이 존재한다면서, 모든 동물이 죽으면 그곳으로 간다고 주장했다. 그 산은 저 하늘 위 어딘가에, 구름 너머 조금 떨어진 곳에 있다고 했다. 슈가캔디 산에서는 매일이 일요일이며, 1년 내내 토끼풀이 지천이고, 각설탕과 아마씨 깻묵이 산울타리에서 자란다고도 했다. 동물들은 모지스가 이야기만 하고 일을 하지 않기 때문에 그를 싫어했다. 하지만 슈가캔디 산의 이야기를 믿는 동물들도 있었다. 세 돼지는 그런 곳은 없다고 그들을 설득하기 위해 아주 열심히 목소리를 높여야 했다.

그들의 가장 충실한 신봉자는 수레를 끄는 말 복서와 클로버였다. 이 둘은 스스로 뭔가를 생각해내는 것을 몹시 힘들어했지만, 일단 돼지들을 스승으로 받아들인 뒤에는 그들의 말을 모두 빨아들여 다른 동물들에게 간단한 말로 전달해주었다. 그들은 헛간의 비밀 회합에 한 번도 빠지지 않았으며, 회합이 끝날 때 항상 부르는 〈잉글랜드의 동물들〉을 선창했다.

그러던 중 어쩌다 보니 누구의 예상보다도 빠르고 쉽게 봉기가 이루어졌다. 지난 세월 동안 존스 씨는 비록 엄격한 주인이었지만, 농부로서는 유능한 사람이었다. 그런데 최근 불운과 맞닥뜨렸다. 소송에서 돈을 잃은 뒤로 크게 낙담해서 술을 너무 많이 마시게 된 것이다. 그는 한 번에 며칠씩 부엌의 윈저 의자에서 빈둥거리며 신문을 읽고 술을 마시다가 가끔 맥주에 적신 빵 조각을 모지스에게 먹이곤 했다. 그의 일꾼들은 게으르고 정직하지 못한 사람들이었기 때문에, 밭은 잡초로 가득해지고, 건물에는 수리하지 않은 지붕이 그대로 덮여 있고, 산울타리는 방치되고, 동물들은 먹이를 충분히 받지 못했다.

6월이 되자 건초를 벨 때가 가까워졌다. 세례 요한 축일 전야인 토요일에 존스 씨는 윌링던에 갔다가 레드 라이언에서 술을 너무 많이 마시는 바람에 일요일 한낮까지 집에 돌아오지 못했다. 일꾼들은 아침 일찍 암소의 젖을 짠 뒤, 동물들에게 먹이를 줄 생각도 하지 않고 토끼 사냥을 하러 나갔다. 존스 씨는 집으로 돌아오자마자 거실 소파에서 〈뉴스 오브 더 월드〉 신문지를 얼굴에 덮고 잠들어 버렸다. 따라서 저녁이 왔을 때도 동물들은 여전히 아무것도 먹지 못한 상태였다. 결국 그들은 더 이상 참을 수 없다는 결론을 내렸다. 암소 한 마리가 뿔로 곳간 문을 부수자, 모든 동물이 그 안의 통에서 알아서 먹이를 꺼내가기 시작했다. 바로 그때 존스 씨가 깨어났다. 그는 일꾼 네 명과 함께 채찍을 들고 순식간에 곳간으로 나와 사방으로 채찍을 휘둘렀다. 배고픈 동물들은 도저히 참을 수가 없었다. 그래서 미리 계획한 것이 전혀 없는데도 한뜻이 되어, 자신을 괴롭히는 인간들에게 몸을 던졌다. 존스와 일꾼들은 갑자기 사방에서 머리로 들이받히고 발길질을 당하는 신세가 되었다. 걷잡을 수 없는 상황이었다. 동물들이 이렇게 구는 것은 한 번도 본 적이 없었다. 마음 내키는 대로 채찍질을 하고 괴롭히던 동물들이 이렇게 갑자기 들고 일어나자 그들은 혼비백산해서 금방 포기하고 도망쳐버렸다. 1분 만에 다섯 명 모두 대로로 이어지는 수렛길을 따라 전속력으로 도망치고 있었다. 동물들은 의기양양하게 그들을 추적했다.

존스 부인은 침실 창문을 통해 바깥의 상황을 파악하고, 소지품 몇 개를 급히 여행 가방에 던져 넣었다. 그리고 다른 문으로 몰래 농장을 빠져나갔다. 모지스는 횃대에서 펄쩍 날아올라 그녀의 뒤를 따라 파닥거리며 시끄럽게 울어댔다. 그동안 동물들은 존스 씨와 일꾼들을 도로까지 몰아내고, 가로대가 다섯 개인 울타리 문을 쾅 닫아버렸다. 그렇게 해서 그들 자신도 뭐가 어떻게 된 건지 모르는 사이에 봉기가 성공적으로 이루어졌다. 존스가 쫓겨났으니, 매너 농장은 그들의 것이었다.

처음 몇 분 동안 동물들은 이런 행운을 믿을 수가 없었다. 그들이 가장 먼저 한 일은 하나가 되어 농장의 경계선을 따라 한 바퀴 뛴 것이었다. 마치 농장 안에 숨어 있는 인간이 단 하나도 없다는 사실을 단단히 확인하려는 듯했다. 그리고 나서 그들은 농장 건물들로 달려가 증오스러운 존스 시대의 흔적들을 깡그리 치워버렸다. 외양간 끝에 있는 도구실로 쳐들어간 그들은 재갈, 코뚜레, 개의 목줄, 존스 씨가 돼지와 양을 거세할 때 사용한 잔혹한 칼 등을 모두 우물에 던져버렸다. 고삐, 곁눈 가리개, 목에 걸어두는 굴욕적인 먹이 자루는 마당에 불을 피워 태우고 있던 쓰레기 더미에 던졌다. 채찍도 마찬가지였다. 모든 동물들은 채찍이 화염에 휩싸이는 것을 보고 기뻐서 펄쩍펄쩍 뛰었다. 스노볼은 장날에 말의 갈기와 꼬리에 장식하던 리본도 불길 속에 던져버렸다.

그는 이렇게 말했다. "리본도 옷으로 생각해야 됩니다. 그리고 옷은 인간의 상징이죠. 모든 동물은 반드시 알몸으로 다녀야 합니다."

복서는 이 말을 듣고 여름에 파리가 귀에 들어가는 것을 막으려고 쓰던 작은 밀짚모자를 가져와 역시 불길 속에 던졌다.

아주 순식간에 동물들은 존스 씨를 연상시키는 모든 물건을 없애버렸다. 그리고 나서 나폴레옹이 동물들을 이끌고 곳간으로 돌아가 모두에게 옥수수를 평소의 두 배만큼 나눠주었다. 개들은 한 마리당 두 개씩 비스킷을 받았다. 동물들은 〈잉글랜드의 동물들〉을 처음부터 끝까지 연달아 일곱 번이나 부른 뒤, 각자 자신의 잠자리로 들어가 그 어느 때보다 깊은 잠을 잤다.

버릇대로 새벽에 일어난 그들은 어제 일어난 찬란한 일을 갑자기 기억해내고는 모두 한꺼번에 풀밭으로 뛰쳐나왔다. 거기서 조금 더 가면, 농장의 모습을 거의 다 내려다볼 수 있는 언덕이 있었다. 동물들은 그 언덕 꼭대기로 달려 올라가서 맑은 아침 햇빛 속에서 주위를 둘러보았다. 그래, 이 풍경이 그들의 것이었다. 거기서 눈에 보이는 모든 것이 그들의 것이었다! 황홀해진 동물들은 빙글빙글 뛰고 또 뛰기도 하고, 기쁨에 겨워 허공으로 크게 뛰어오르기도 했다. 이슬이 내린 바닥에서 뒹굴기도 하고, 달콤한 여름풀을 한입 가득 뜯어먹기도 하고, 검은 흙 한 덩이를 발로 차올린 다음 그 비옥한 냄새를 킁킁 맡기도 했다. 그러고 나서 그들은 농장을 한 바퀴 둘러보며 경작지, 건초밭, 과수원, 샘, 잡목숲에 감탄하느라 말을 잃었다. 이 모든 것을 지금 처음 보는 것 같았다. 이 모두가 자기들 것이 되었다는 사실을 지금도 믿을 수 없었다.

동물들은 줄지어 농장 건물들로 돌아와 존스가 살던 집의 문 앞에 말없이 멈춰 섰다. 이 집도 그들의 것이었지만, 안에 들어가기가 무서웠다. 하지만 곧 스노볼과 나폴레옹이 어깨로 문을 들이받아 열자, 동물들은 한 줄로 서서 안으로 들어갔다. 아무것도 어지르지 않으려고 걸음걸이가 지극히 조심스러웠다. 그들은 까치발로 이 방 저 방을 돌아다녔다. 무서워서 목소리를 높이지 못하고 작은 소리로 수군거리기만 하면서 믿을 수 없을 만큼 사치스러운 광경을 홀린 듯이 바라보았다. 그들의 깃털로 만든 매트리스와 침대, 거울, 말총 소파, 모직 양탄자, 거실 벽난로 위에 걸린 빅토리아 여왕의 석판화. 그들은 계단을 내려가려다가 몰리가 보이지 않는 것을 깨달았다. 그녀를 찾으러 되돌아가 보니, 그녀는 가장 좋은 침실에 남아 있었다. 존스 부인의 화장대에서 파란 리본 한 개를 꺼내 자신의 어깨에 대어보며 거울에 비친 자신의 모습에 몹시 멍청하게 감탄하고 있었다. 다른 동물들은 그녀를 매섭게 질책한 뒤 밖으로 나갔다. 부엌에 걸려 있던 햄은 장례를 치러주려고 가지고 나왔고, 싱크대의 맥주통은 복서의 발길질 한 번에 찌그러졌다. 그 외에는 집 안의 물건에 아무도 손대지 않았다. 이 집을 박물관으로 보존해야 한다는 결정이 그 자리에서 만장일치로 내려졌다. 어떤 동물도 이 집에서 살면 안 된다는 데에 모두가 동의했다.

동물들이 아침 식사를 마친 뒤, 스노볼과 나폴레옹이 다시 그들을 불러 모았다.

"동무들." 스노볼이 말했다. "지금은 6시 반이고, 긴 하루가 우리 앞에 펼쳐져 있습니다. 오늘 우리는 건초를 거둬들이기 시작할 텐데, 그보다 먼저 해야 할 일이 있습니다."

돼지들은 지난 석 달 동안 존스 씨의 아이들이 쓰다가 쓰레기 더미에 던져버린 낡은 철자법 책으로 읽고 쓰는 법을 독학했음을 밝혔다. 나폴레옹은 누군가를 시켜 검은색과 하얀색 페인트통을 가져오게 하더니 앞장서서 가로대가 다섯 개인 울타리 문을 향해 걸어갔다. 그 문은 대로와 이어져 있었다. 스노볼이 앞발의 두 관절 사이에 붓을 끼우고(스노볼이 글씨를 가장 잘 쓰기 때문이었다), 울타리 문의 맨 꼭대기 가로대에 적혀 있던 '매너 농장'이라는 이름을 페인트로 지운 뒤 그 자리에 '동물농장'이라는 이름을 적어 넣었다. 이제부터 이것이 이 농장의 이름이었다. 이 일을 마친 뒤 동물들과 함께 농장 안으로 돌아온 스노볼과 나폴레옹은 사다리를 하나 가져오게 했다. 그리고 그것을 커다란 헛간의 한쪽 벽에 기대어 세우라고 했다. 스노볼과 나폴레옹은 지난 석 달 동안의 공부로 돼지들이 동물존중주의의 원칙을 일곱 계명으로 간추리는 데 성공했다고 설명했다. 그래서 이제 그 일곱 계명을 벽에 쓸 예정이라는 것이었다. 이 계명들은 동물농장의 모든 동물이 영원히 지켜야 하는 불변의 법이 될 터였다. 스노볼은 (돼지가 사다리에서 균형을 잡기가 쉽지 않았으므로) 조금 힘들게 사다리를 올라가 작업을 시작했다. 그보다 몇 단 아래에는 스퀼러가 페인트통을 들고 서 있었다. 타르로 마감한 벽에 일곱 계명이 30야드 밖에서도 읽을 수 있을 만큼 커다란 하얀색 글자로 적혔다. 그 내용은 다음과 같았다.

일곱 계명

1. 무엇이든 두 다리로 돌아다니는 자는 적이다.
2. 무엇이든 네 다리로 걷거나 날개가 있는 자는 친구다.
3. 어떤 동물도 옷을 입으면 안 된다.
4. 어떤 동물도 침대에서 자면 안 된다.
5. 어떤 동물도 술을 마시면 안 된다.
6. 어떤 동물도 다른 동물을 죽이면 안 된다.
7. 모든 동물은 평등하다.

글씨가 아주 깔끔했다. '친구'가 '진구'로 적히고, S자 하나가 틀린 방향으로 구부러진 것을 제외하면, 단 한 군데도 철자법이 틀린 곳이 없었다. 스노볼은 다른 동물들을 위해 일곱 계명을 소리 내어 읽어주었다. 모든 동물이 전적으로 동의한다는 듯 고개를 끄덕였다. 영리한 동물들은 즉시 그 일곱 계명을 외우기 시작했다.

"자, 동무들." 스노볼이 붓을 아래로 던지며 소리쳤다. "건초밭으로! 존스와 일꾼들보다 더 빨리 수확을 마치는 것에 우리의 명예가 달려 있습니다."

하지만 이때 조금 전부터 불편한 기색이던 암소 세 마리가 크게 음매거리기 시작했다. 24시간 동안 젖을 짜지 않아서 젖가슴이 거의 터질 지경이었다. 돼지들은 잠시 생각해본 뒤 양동이를 가져오게 해서 상당히 성공적으로 젖을 짜냈다. 그들의 앞발이 이런 일에 아주 알맞았다. 곧 거품이 이는 크림 같은 우유가 다섯 양동이나 나오자, 많은 동물들이 상당히 흥미로운 표정으로 그것을 바라보았다.

"이제 저 우유는 다 어떻게 되는 거지?" 누군가가 말했다.

"옛날에 존스는 가끔 우리 먹이에 우유를 조금 섞어주었는데." 암탉 한 마리가 말했다.

"우유는 신경 쓰지 마시오, 동무들!" 나폴레옹이 양동이 앞으로 나서면서 소리쳤다. "그건 우리가 알아서 할 테니. 추수가 이보다 더 중요하오. 스노볼 동무가 앞장서서 안내할 것이오. 나도 곧 따라가겠소. 전진, 동무들! 건초가 기다리고 있소."

그래서 동물들은 추수를 시작하기 위해 무리를 지어 건초밭으로 갔다. 저녁에 일을 마치고 돌아온 그들은 우유가 사라진 것을 알아차렸다.

3

건초를 수확해 들여놓느라 다들 얼마나 땀을 흘리며 힘들게 일했는지! 하지만 그렇게 애쓴 보람이 있었다. 수확량이 기대보다 훨씬 더 많았기 때문이다.

때로는 일이 힘들었다. 각종 도구들이 원래 동물이 아니라 인간을 위해 설계된 것이었으므로. 뒷다리로 서야만 사용할 수 있는 도구를 어떤 동물도 전혀 쓰지 못하는 것이 큰 문제였다. 그러나 돼지들이 어찌나 영리한지 어려운 문제가 생길 때마다 그것을 우회하는 방법을 생각해냈다. 한편 말들은 밭에 대해 샅샅이 알고 있었다. 사실 밭에서 풀을 베고 갈퀴질을 하는 것에 대해서는 존스나 그의 일꾼들보다 훨씬 더 잘 알고 있었다. 돼지들은 실제로 일을 하지는 않고, 다른 동물들을 감독하며 지시를 내렸다. 그들의 지식이 월등했으므로, 그들이 지도자의 자리를 차지하는 것이 자연스러웠다. 복서와 클로버는 절단기나 써레를 스스로 몸에 연결하고(물론 이제는 재갈이나 고삐가 필요하지 않았다), 꾸준한 속도로 터벅터벅 밭을 돌고 또 돌았다. 돼지 한 마리가 그 뒤에서 따라 걸으며 상황에 따라 "이 랴, 동무!"라거나 "워워, 뒤로, 동무!"라고 소리쳤다. 가장 하찮은 동 물까지 모든 동물들이 건초를 뒤집고 모아들이는 일에 나섰다. 오 리들과 암탉들조차 부리에 건초 몇 가닥을 물고 햇빛 속에서 하루 종일 왔다 갔다 하며 일을 거들었다. 결국 그들은 존스와 그의 일꾼 들이 평소처럼 일할 때보다 이틀이나 빨리 추수를 마쳤다. 게다가 이 농장 역사상 최대 수확량이었다. 허비된 것이 전혀 없었다. 암탉 들과 오리들이 눈을 부릅뜨고 풀줄기를 하나도 남김없이 거둬들 인 덕분이었다. 또한 하다못해 한 입 정도 풀을 훔친 동물도 전혀 없 었다.

그해 여름 내내 농장의 일은 시계처럼 정확히 돌아갔다. 동물들 은 이런 일이 가능할 줄은 상상도 하지 못했기 때문에 행복했다. 입 에 들어가는 음식 한 입, 한 입이 확실히 즐겁기 그지없었다. 인색한 주인이 나눠준 먹이가 아니라, 그들이 자신을 위해 스스로 생산한 진정한 자기 음식이기 때문이었다. 쓸모없는 기생충 같은 인간들 이 사라지고 나자, 모두 더 많이 먹을 수 있었다. 여가 시간도 더 늘 어났다. 비록 동물들에게 익숙한 일은 아니었지만. 그들은 많은 어 려움에 부닥쳤다. 예를 들어, 그해 늦게 곡식을 추수할 때 옛날 옛적 사람들처럼 이삭을 발로 밟은 뒤 왕겨를 입김으로 후후 불어야 했 다. 농장에 탈곡기가 없기 때문이었다. 그러나 영리한 돼지들과 근 육의 힘이 엄청난 복서가 항상 그들을 이끌었다. 모두 복서에게 감탄했다. 그는 존스 시절에도 부지런히 일했지만, 지금은 말 세 마리 몫을 혼자 해내는 것 같았다. 농장의 일 전체가 그의 힘센 어깨에 온전히 걸려 있는 것처럼 보이는 날도 있었다. 그는 아침부터 밤까지 항상 일이 가장 힘든 곳에서 무거운 것을 밀거나 끌었다. 어린 수탉 한 마리와 약속을 맺어 그의 도움으로 남들보다 반 시간 먼저 일어나서, 하루가 시작되기도 전에 가장 도움이 필요한 곳에서 자발적으로 일하기도 했다. 문제가 생길 때마다 그는 "내가 더 열심히 일하겠다!"는 답을 내놓았다. 그는 이것을 자신의 좌우명으로 삼고 있었다.

다른 동물들도 각자 능력껏 일했다. 예를 들어, 암탉들과 오리들은 추수 때 흩어진 이삭을 5부셸*이나 주워왔다. 도둑질도, 배급된 먹이를 놓고 누군가가 투덜거리는 일도 없었다. 과거에는 일상적으로 일어나던 싸움, 깨물기, 질투도 거의 사라졌다. 게으름을 피우는 동물도 없었다. 아니, 거의 없었다. 사실 몰리는 아침에 잘 일어나지 못했고, 일터에서는 발굽에 돌이 박혔다는 핑계로 일찍 물러났다. 고양이의 행동은 다소 독특했다. 할 일이 있을 때마다 누구도 고양이를 찾아낼 수 없었다. 고양이는 몇 시간씩 사라졌다가 식사 시간이나 일이 끝난 저녁 시간에 아무 일도 없던 것처럼 다시 나타났다. 하지만 항상 아주 훌륭한 핑계를 내세우며 몹시 다정하게 목을 울렸기 때문에 그녀에게 나쁜 의도가 있었을 것이라고는 생각하기 힘들었다. 당나귀인 벤저민 영감은 봉기 이후에도 별로 변하지 않은

---

* 약 140킬로그램.

것 같았다. 존스의 시대에 그랬던 것처럼 느리고 고집스러운 자기만의 방식으로 일했으며, 게으름을 피우지도 않고 추가 작업에 자원하지도 않았다. 봉기와 그 이후의 결과에 대해서도 그는 아무 의견을 내놓지 않았다. 존스가 사라져서 더 행복해지지 않았느냐고 누가 물으면, 그는 "당나귀는 오래 살아. 너희는 죽은 당나귀를 본 적이 없잖아"라고만 말할 뿐이었다. 다른 동물들은 이 알쏭달쏭한 대답에 만족하는 수밖에 없었다.

일요일에는 일이 없었다. 평소보다 한 시간 늦게 아침 식사를 한 뒤에는, 매주 한 번도 빠짐없이 치러지는 의식이 있었다. 먼저 깃발을 감아올렸다. 스노볼이 헛간에서 옛날에 존스 부인이 쓰던 초록색 식탁보를 찾아내, 그 위에 하얀색으로 발굽과 뿔을 그린 깃발이었다. 매주 일요일 오전이면, 이 깃발이 농장 정원의 깃대 위로 올라갔다. 스노볼은 깃발의 초록색이 잉글랜드의 초록색 들판을 상징하며, 발굽과 뿔은 미래에 인류를 마침내 타도한 뒤 건설될 동물 공화국을 의미한다고 설명했다. 깃발을 게양한 뒤에는 모든 동물이 커다란 헛간에 모여 총회를 열었다. 그들은 이 모임을 '회합'이라고 불렀다. 이 자리에서 다가오는 한 주의 계획이 만들어지고, 누군가가 제출한 안건을 놓고 토론이 벌어졌다. 안건을 내놓는 주체는 언제나 돼지들이었다. 다른 동물들은 투표하는 법을 이해했지만, 스스로 결의안을 생각해내는 것은 도저히 불가능했다. 아직까지는 스노볼과 나폴레옹이 토론에서 가장 적극적으로 활약했다. 그러나 이 둘의 의견이 일치하는 법이 없다는 점이 눈에 띄었다. 둘 중 하나가 무엇이든 의견을 내놓으면, 다른 하나가 반드시 반대하고 나섰다.

과수원 뒤편의 작은 방목장을 노동할 나이가 지난 동물들의 휴식처로 삼자는 안건이 나왔을 때도(이건 누구도 반대할 수 없는 안건이었다), 동물에 따라 퇴직 연령을 몇 살로 정할지를 놓고 격돌이 벌어졌다. 회합이 끝날 때는 항상 〈잉글랜드의 동물들〉을 불렀다. 오후는 휴식 시간이었다.

돼지들은 도구실을 자기들의 본부로 삼았다. 여기서 저녁마다 그들은 대장간 일, 목공 등 필요한 기술을 공부했다. 교재는 그들이 존스의 집에서 가지고 나온 여러 권의 책이었다. 스노볼은 또한 다른 동물들을 조직해서 이른바 '동물위원회'를 만드느라 분주했다. 이런 일을 할 때 그는 지칠 줄을 몰랐다. 암탉들을 위해서는 달걀 생산 위원회, 암소들을 위해서는 깨끗한 꼬리 연맹을 만들었고, 야생 동무들의 재교육위원회(이 위원회의 목적은 쥐와 토끼의 순화였다)도 만들었으며, 양들을 위해서는 더 하얀 털 운동을 조직했다. 이 밖에도 다양한 위원회가 있었을 뿐만 아니라, 글을 가르치는 수업도 그의 손으로 만들어졌다. 전체적으로 봤을 때 이런 프로젝트들은 실패작이었다. 예를 들어, 야생동물을 순화하려는 시도는 거의 시작하자마자 실패했다. 야생동물들은 행동을 거의 바꾸지 않고, 너그럽게 대해주는 상대방의 태도를 이용하기만 했다. 고양이는 재교육위원회에 합류해서 며칠 동안 적극적으로 활동했다. 어느 날 그녀가 지붕에 앉아, 발을 뻗어도 닿지 않는 거리의 참새들에게 말을 거는 모습이 보였다. 이제 모든 동물이 동무가 됐으므로 원한다면 너희가 자기 앞발에 앉아도 된다고 말하는 중이었다. 하지만 참새들은 다가오지 않았다.

반면 글을 가르치는 수업은 대성공이었다. 가을 무렵에는 농장의 거의 모든 동물이 어느 정도 글자를 읽고 쓸 수 있었다.

한편 돼지들은 이미 글을 완벽하게 익힌 상태였다. 개들은 읽는 법을 상당히 빨리 배웠지만, 일곱 계명을 제외하면 글을 읽는 일에는 관심이 없었다. 염소인 뮤리얼은 글을 읽는 실력이 개들보다 조금 나아서, 쓰레기 더미에서 찾아낸 신문지 조각을 저녁에 가끔 다른 동물들에게 읽어주곤 했다. 벤저민은 돼지들 못지않게 글을 잘 읽을 수 있었지만, 한 번도 그 능력을 발휘하지 않았다. 자기가 아는 한 읽을 가치가 있는 글이 전혀 없다는 것이 그의 주장이었다. 클로버는 알파벳을 모두 외웠으나 그것을 조합해서 단어를 만들지 못했다. 복서는 알파벳 D 이상 나아가지 못했다. 그는 흙바닥에 커다란 발굽으로 A, B, C, D를 쓴 뒤, 귀를 뒤로 젖힌 채 가만히 서서 그 글자들을 빤히 바라보았다. 그다음 글자가 무엇인지 떠올리려고 가끔 이마 갈기를 흔들어가며 애를 썼지만 한 번도 성공하지 못했다. 사실 그는 여러 번 E, F, G, H를 배운 적이 있었다. 그런데 이 글자들을 다 외우고 나면, 이번에는 항상 A, B, C, D가 기억나지 않았다. 결국 그는 맨 앞의 네 글자로 만족하기로 마음을 정하고, 이 글자들을 잊지 않기 위해 매일 한두 번씩 직접 써보곤 했다. 몰리는 자기 이름을 쓰는 데 필요한 여섯 글자 'Mollie'를 배운 뒤에는 모든 공부를 거부했다. 그녀는 잔가지로 이 여섯 글자를 아주 깔끔하게 만들어놓고 꽃 한두 송이로 장식까지 한 다음, 그 주위를 빙빙 돌면서 감탄하곤 했다.

그 밖의 동물들은 모두 알파벳 A 이상 나아가지 못했다. 양, 닭, 오리 등 멍청한 동물들은 일곱 계명 또한 외우지 못한다는 사실도 드러났다. 스노볼은 한참 고민한 끝에 일곱 계명을 사실상 하나로 줄여도 된다고 선언했다. 그 하나는 '네 다리는 좋고 두 다리는 나쁘다'였다. 그는 여기에 동물존중주의의 근본 원칙이 들어 있다고 말했다. 누구든 이 원칙을 철저히 이해하기만 하면, 인간의 영향에서 안전했다. 새들은 처음에 반발했다. 자기들도 다리가 두 개라고 생각했기 때문이었다. 하지만 스노볼이 그렇지 않다는 것을 그들에게 증명해주었다.

"새의 날개는 조작기관이 아니라 추진기관입니다. 따라서 다리로 간주되어야 합니다. 인간의 뚜렷한 특징은 바로 **손**입니다. 이것을 도구로 인간은 온갖 나쁜 짓을 저지르지요."

새들은 스노볼의 긴 발언을 이해하지 못했지만 그의 설명을 받아들였다. 그렇게 해서 모든 하급 동물들이 이 새로운 좌우명을 외우기 시작했다. 네 다리는 좋고 두 다리는 나쁘다는 말은 헛간 벽의 일곱 계명 위에 더 큰 글자로 새겨졌다. 양들은 이 좌우명을 외운 뒤 크게 마음에 들었는지, 들판에 누워 있을 때 "네 다리는 좋고 두 다리는 나쁘다! 네 다리는 좋고 두 다리는 나쁘다!"라고 매애매애 외쳐댈 때가 많았다. 이걸 몇 시간이나 계속해도 지치는 법이 없었다.

나폴레옹은 스노볼이 만든 위원회들에 전혀 관심을 보이지 않았다. 그는 어린 것들의 교육이 이미 다 자란 동물들을 위해 해줄 수 있는 그 어떤 일보다도 중요하다고 말했다. 공교롭게도 건초 추수 직후에 제시와 블루벨이 모두 새끼를 낳았다. 둘이 낳은 튼튼한 강아지는 도합 아홉 마리였다. 녀석들이 젖을 떼자마자 나폴레옹은 자신이 그들의 교육을 책임지겠다면서 어미에게서 빼앗아갔다. 그리고 도구실의 사다리를 이용해야만 갈 수 있는 다락으로 녀석들을 데려가 꽁꽁 감춰두었다. 그래서 농장의 다른 동물들은 곧 녀석들의 존재를 잊어버렸다.

우유가 어디로 갔는지에 대한 의문은 곧 풀렸다. 매일 돼지들의 먹이에 우유가 섞여 나가고 있었다. 이제 풋사과가 익어가면서 바람에 날려 떨어진 열매들이 과수원 풀밭 여기저기에 흩어졌다. 동물들은 당연히 이것을 모두가 공평히 나누게 될 것이라고 생각했지만, 어느 날 돼지들이 쓸 일이 있으니 낙과를 모두 모아 도구실로 가져오라는 명령이 내려왔다. 이에 대해 몇몇 동물이 투덜거렸으나 아무 소용이 없었다. 모든 돼지들이 이 문제에 대해 같은 의견이었다. 심지어 스노볼과 나폴레옹도 마찬가지였다. 스퀼러가 다른 동물들에게 필요한 설명을 해주기 위해 파견되었다.

"동무들! 설마 우리 돼지들이 이기심과 특권 의식에서 이런 행동을 한다고 생각하는 건 아니겠지요? 사실 많은 돼지들이 우유와 사과를 싫어합니다. 나도 이 둘을 싫어해요. 우리가 이것들을 가져가는 것은 순전히 우리의 건강을 지키기 위해서입니다. 우유와 사과에는 돼지의 복지에 절대적으로 필요한 물질이 들어 있습니다. 이건 과학적으로 증명된 사실이에요, 동무들. 우리 돼지들은 두뇌 노동자입니다. 이 농장의 경영과 조직이 모두 우리에게 달려 있단 말입니다. 우리는 밤낮으로 여러분의 복지를 살피고 있습니다. 그러니 우리가 그 우유를 마시고 저 사과를 먹는 것은 바로 **여러분**을 위해서입니다. 만약 우리 돼지들이 일을 제대로 해내지 못하면 어떤 일이 생길지 아십니까? 존스가 돌아올 겁니다! 그래요, 존스가 돌아올 겁니다! 동무들." 스퀼러는 좌우로 폴짝폴짝 뛰고 꼬리를 흔들어대면서 거의 간청하듯이 소리쳤다. "설마 여러분 중에 존스를 다시 보고 싶은 동물은 없겠죠?"

동물들이 절대적으로 확신하는 것이 하나 있다면, 바로 존스가 돌아오는 것이 싫다는 점이었다. 이런 식으로 설명을 듣고 보니 그들은 더 이상 할 말이 없었다. 돼지들의 건강을 지키는 것이 얼마나 중요한지 모두 똑똑히 알 수 있었다. 그래서 바람에 떨어진 사과와 우유를 (그리고 나중에 제대로 수확한 사과의 대부분도) 오로지 돼지들의 몫으로 해야 한다는 주장에 모두들 더 이상 이의를 제기하지 않고 동의했다.

4

늦여름이 되자 동물농장에서 일어난 일을 온 나라의 절반이 알게 되었다. 스노볼과 나폴레옹은 매일 비둘기들을 날려 보냈다. 이웃 농장의 동물들과 어울리며 봉기의 이야기를 들려주고, 〈잉글랜드의 동물들〉을 가르쳐주는 것이 그들의 임무였다.

그동안 존스 씨는 윌링던의 술집 레드 라이언에 앉아 대부분의 시간을 보내며, 누구든 관심을 보이는 사람에게 자신이 아무짝에도 쓸모없는 동물 무리 때문에 자기 땅에서 쫓겨난 것이 얼마나 몸서리치게 부당한 일인지 불평을 늘어놓았다. 다른 농부들은 원칙적으로 그에게 공감했지만, 처음에는 그를 그리 도와주지 않았다. 그들은 내심 존스의 불행을 이용해 이득을 취할 방법이 없는지 몰래 고민하고 있었다. 동물농장과 인접한 두 농장의 주인들 사이가 언제나 좋지 않다는 점이 행운이었다. 그 둘 중에 폭스우드는 커다란 구식 농장으로, 주인이 방치한 탓에 나무들이 가득 자라고, 풀밭은 엉망이 되고, 산울타리는 한심한 상태였다. 이 농장의 주인인 필킹턴 씨는 계절에 따라 낚시나 사냥에 대부분의 시간을 쏟으며 빈둥거리는 신사 농부였다. 다른 하나인 핀치필드 농장은 폭스우드보다 규모가 작고, 관리가 잘되어 있었다. 이곳의 주인인 프레더릭 씨는 강인하고 빈틈없는 사람이었으며, 항상 소송에 걸려 있었다. 또한 흥정을 강하게 밀어붙이기로 유명했다. 두 사람은 서로를 워낙 싫어했기 때문에 어떤 문제에서든, 심지어 자기들의 이익을 지키는 일에서도 합의에 도달하기가 힘들었다.

그런데도 동물농장에서 일어난 봉기에 두 사람 모두 겁을 먹을 대로 먹어서 자기 농장의 동물들에게 그 일에 관한 소식이 너무 많이 알려지지 않게 하려고 노심초사했다. 처음에는 동물들끼리 농장을 관리하다니 말도 안 되는 일이라고 웃어넘기는 척했다. 그들은 그 일이 한 보름 만에 모두 끝날 것이라고 말했다. 매너 농장(그들은 매너 농장이라는 이름을 고집했다. '동물농장'이라는 이름은 참을 수 없었다)의 동물들 사이에 싸움이 끊이지 않고, 굶어 죽는 동물이 급속히 늘고 있다는 이야기도 퍼뜨렸다. 그러나 시간이 흘러 동물들이 굶어 죽지 않았다는 사실이 분명해지자, 프레더릭과 필킹턴은 말을 바꿔서 동물농장에서 끔찍하고 사악한 일들이 벌어지고 있다고 말하기 시작했다. 그곳의 동물들이 서로의 고기를 먹고, 빨갛게 달군 말굽으로 서로를 고문하고, 암컷들을 공유한다는 내용이었다. 자연의 법칙에 맞서 반란을 일으키면 이렇게 되는 법이라고 프레더릭과 필킹턴은 말했다.

하지만 이런 이야기를 완전히 믿는 사람은 전혀 없었다. 동물들이 인간을 쫓아낸 뒤 직접 관리하는 놀라운 농장에 관한 소문이 모호하고 왜곡된 형태로 계속 돌아다니면서, 그해 1년 내내 반항의 물결이 시골을 휩쓸었다. 항상 유순하던 황소들이 갑자기 난폭해지고, 양들은 산울타리를 무너뜨리고 나가 토끼풀을 게걸스레 뜯어먹었다. 암소들은 우유 짜는 통을 발로 차버리고, 사냥말들은 울타리 뛰어넘기를 거부하며 제 등에 탄 사람들을 울타리 건너편으로 던져버렸다. 무엇보다도 〈잉글랜드의 동물들〉의 곡조는 물론 심지어 가사까지도 사방으로 퍼져나갔다. 그 속도가 놀라울 정도였다. 인간들은 이 노래를 듣고 분노를 누를 수 없었으나, 겉으로는 그냥 우습다고 생각하는 척했다. 그들은 아무리 동물들이라 해도 어떻게 이처럼 말도 안 되는 쓰레기를 노래랍시고 부를 수 있는지 이해할 수가 없다고 말했다. 어떤 동물이든 이 노래를 부르다가 들키면 그 자리에서 매를 맞았다. 그래도 이 노래를 막을 수 없었다. 지빠귀들은 산울타리에서 이 노래를 휘휘 부르고, 비둘기들은 느릅나무 안에서 이 노래를 구구거렸다. 대장간의 소음에도, 교회 종소리에도 이 노래가 스며들었다. 인간들은 이 노래를 들으면서 남몰래 몸을 떨었다. 미래의 파멸을 이 노래가 예언하고 있는 것 같았다.

곡식을 베서 낟가리까지 일부 마친 10월 초에 비둘기 한 무리가 다급히 하늘을 날아와 엄청나게 흥분한 기색으로 동물농장 마당에 내려앉았다. 존스와 일꾼들, 그리고 폭스우드와 핀치필드 사람들 여섯 명이 가로대가 다섯 개인 울타리 문으로 들어와 농장으로 이어진 수렛길을 올라오고 있다는 것이었다. 그들은 모두 막대기를 들고 있었는데, 맨 앞에서 씩씩하게 걷는 존스는 막대기 대신 총을 들고 있었다. 농장을 탈환해보려고 온 것이 분명했다.

오래전부터 예상하던 일이라서 이미 모든 준비가 갖춰져 있었다. 존스의 집 안에서 율리우스 카이사르의 군사 원정을 다룬 낡은 책을 찾아내 공부한 스노볼이 방어 작전의 지휘를 맡았다. 그가 재빨리 명령을 내리자, 대략 2분 만에 모든 동물이 정해진 자리에 가서 섰다.

인간들이 농장 건물들로 다가오는 것을 보고 스노볼이 첫 번째 공격을 시작했다. 서른다섯 마리나 되는 비둘기가 한꺼번에 인간들의 머리 위를 이리저리 날아다니며 그들을 향해 똥을 쌌다. 인간들이 이 문제와 씨름하는 동안, 산울타리 뒤에 숨어 있던 거위들이 달려 나와 그들의 종아리를 맹렬히 쪼아댔다. 그러나 이것은 약간의 무질서를 초래하기 위한 가벼운 전초전에 불과했다. 인간들은 막대기로 거위들을 쉽사리 물리쳤다. 그러자 스노볼이 두 번째 공격을 시작했다. 뮤리얼, 벤저민, 그리고 모든 양들이 맨 앞에 선 스노볼과 함께 앞으로 달려 나가 사방에서 인간들을 공격했다. 벤저민은 뒤로 돌아서서 작은 발굽을 그들에게 휘둘러댔다. 하지만 막대기와 징이 박힌 부츠로 무장한 인간들은 이번에도 역시 너무 강했다. 스노볼이 갑자기 꽥 하고 후퇴 신호를 보내자 모든 동물이 돌아서서 마당으로 도망쳤다.

인간들은 승리의 함성을 질렀다. 예상대로 적이 도망치는 것을 본 그들은 제멋대로 뒤쫓아왔다. 스노볼이 의도한 그대로였다. 인간들이 모두 마당에 들어서자마자 말 세 마리, 암소 세 마리, 스노볼을 제외한 모든 돼지들이 매복하고 있던 외양간에서 튀어나와 뒤에서 인간들을 기습했다. 스노볼은 돌격 신호를 보낸 뒤, 곧장 존스를 향해 직접 돌진했다. 존스는 그를 보고 총을 들어 발사했다. 총알들이 스노볼의 등에 핏빛 줄무늬를 몇 개 만들었고, 양 한 마리가 시체가 되어 쓰러졌다. 스노볼은 잠시도 멈추지 않고 15스톤*의 몸무게로 존스의 다리를 들이받았다. 존스는 똥 더미 속에 내동댕이쳐지고, 그의 총은 손에서 날아가버렸다. 하지만 무엇보다 무시무시한 것은 복서였다. 그는 뒷다리로 서서, 쇠편자가 박힌 커다란 발굽으로 종마처럼 공격했다. 그가 가장 먼저 앞발을 내질렀을 때 거기에 머리를 맞은 폭스우드의 마구간 청년은 진흙 속에 생기 없이 쭉 뻗어버렸다. 그 광경을 본 사람 여러 명이 막대기를 떨어뜨리고 도망치려고 했다. 공포가 그들을 사로잡았다. 곧 모든 동물이 그들을 쫓아 마당을 빙글빙글 돌고 있었다. 그들은 동물들에게 받히고, 채이고, 물리고, 짓밟혔다. 이 농장에 자기만의 방식으로 그들에게 복수하지 않은 동물은 하나도 없었다. 심지어 고양이도 갑자기 지붕에서 어느 목동의 어깨로 뛰어내려 목에 발톱을 박아 넣었다. 그러자 그가 끔찍한 비명을 질러댔다. 출구가 확보되자마자 사람들은 반가워서 앞다퉈 마당을 빠져나가 대로로 도망쳤다. 그렇게 해서 침공한 지 5분도 채 안 되어 그들은 들어왔던 그 길로 불명에 퇴각을 했다. 거위 떼가 쉭쉭거리며 내내 그들의 종아리를 쪼아댔다.

한 명만 빼고 모든 사람이 사라졌다. 마당에서 복서는 진흙 속에

---

* 약 95킬로그램.

엎어진 마구간 청년을 앞발로 뒤집으려 했다. 청년은 꼼짝도 하지 않았다.

"죽었어." 복서가 슬픈 얼굴로 말했다. "그럴 생각은 없었는데. 내 발에 쇠가 박혀 있다는 걸 잊어버렸어. 내가 고의로 이런 게 아니라 는 걸 누가 믿어줄까?"

"감상은 그만둬요, 동무!" 스노볼이 소리쳤다. 그의 상처에서 피 가 여전히 뚝뚝 떨어지고 있었다. "전쟁은 전쟁. 좋은 인간은 죽은 인간뿐입니다."

"난 생명을 빼앗고 싶은 생각이 전혀 없어요. 설사 인간의 생명이 라 해도." 복서가 말했다. 그의 눈에 눈물이 가득했다.

"몰리는 어디 있지?" 누군가가 소리쳤다.

몰리가 보이지 않았다. 순간적으로 다들 크게 놀랐다. 인간들이 어떤 식으로든 몰리를 해쳤거나 심지어 아예 데리고 갔을지도 모른 다는 생각 때문이었다. 하지만 결국 몰리는 마구간에서 여물통의 건초 속에 머리를 박은 채 숨어 있다가 발견되었다. 몰리는 총성이 울리자마자 도망쳐서 그곳에 숨어 있었다. 몰리를 찾으려고 돌아다 니던 동물들이 조금 전까지 싸우던 장소로 돌아와 보니, 사실은 그 냥 기절해서 쓰러져 있던 마구간 청년이 정신을 차리고 도망쳐버린 뒤였다.

동물들은 주체할 수 없이 들뜬 기분으로 다시 모였다. 각자 전투 에서 어떤 공을 세웠는지 목청껏 떠들어댔다. 즉석에서 즉흥적인 승리 축하 행사가 벌어졌다. 동물들은 깃발을 게양하고, 〈잉글랜드 의 동물들〉을 여러 번 불렀다. 그러고는 전투에서 목숨을 잃은 양의

장례식을 엄숙하게 거행했다. 그녀의 무덤에는 산사나무를 심었다. 무덤가에서 스노볼이 짤막한 연설을 하며, 모든 동물이 필요하다면 동물농장을 위해 죽을 각오까지 할 필요가 있다고 강조했다.

동물들은 훈장을 하나 만들기로 만장일치로 결정했다. '1급 동물 영웅'이라는 이름의 그 훈장이 바로 그 자리에서 스노볼과 복서에게 수여되었다. 일요일과 휴일에 걸고 다닐 놋쇠 메달(사실은 도구실에서 발견된 낡은 마구의 놋쇠 장식)이었다. 죽은 양에게는 '2급 동물영웅'이 추서되었다.

이번 전투를 뭐라고 불러야 할지를 놓고 많은 토론이 벌어졌다. 결국 외양간 전투로 이름이 정해졌다. 매복조가 바로 외양간에서 튀어나왔기 때문이다. 존스 씨의 총이 진흙 속에서 발견되었다. 동물들은 그의 집 안에 탄약 카트리지가 여러 개 있다는 것을 알고 있었다. 그들은 이 총을 일종의 대포처럼 깃대 발치에 세워놓았다가 1년에 두 번씩, 즉 외양간 전투 기념일인 10월 12일과 봉기 기념일인 세례 요한 축일에 각각 한 번씩 발사하기로 결정했다.

5

겨울이 다가오면서 몰리는 더욱더 말썽을 피웠다. 매일 아침 일
터에 늦게 나와 늦잠을 잤다고 변명했다. 식욕은 더할 나위 없이 좋
은데도, 정체를 알 수 없는 통증에 시달린다고 불평하기도 했다. 몰
리는 온갖 핑계를 대고 일터에서 도망쳐 샘으로 가서 수면에 비친
자기 모습을 멍청하게 응시하며 서 있곤 했다. 하지만 이보다 더 심
각한 내용의 소문도 돌아다녔다. 어느 날 몰리가 긴 꼬리를 살랑거
리고 건초 줄기를 씹으며 경쾌하게 마당으로 걸어 들어오자, 클로
버가 그녀를 한쪽 옆으로 데리고 갔다.

"몰리, 아주 심각하게 할 말이 있어. 오늘 아침에 네가 동물농장과
폭스우드를 가르는 산울타리 너머를 바라보는 걸 내가 봤거든. 필
킹턴 씨의 일꾼 한 명이 그쪽에 서 있었고. 그리고…… 내가 상당히
멀리 있긴 했는데, 그래도 내가 본 게 거의 확실한 것 같아…… 그 일

꾼이 너한테 말을 걸면서 네 코를 쓰다듬는데도 네가 가만히 있었던 것 말이야. 왜 그런 거야, 몰리?"

"안 쓰다듬었어요! 난 안 그랬어요! 거짓말이야!" 몰리는 이리저리 겅중겅중 뛰어다니고 앞발로 흙을 차올리면서 소리쳤다.

"몰리! 내 얼굴을 똑바로 봐. 그 남자가 네 코를 쓰다듬지 않았다고, 네 명예를 걸고 말할 수 있어?"

"거짓말이야!" 몰리는 또다시 외쳤지만 클로버의 얼굴을 똑바로 바라보지 못했다. 그러고는 순식간에 전속력으로 도망쳐 들판으로 가버렸다.

클로버는 문득 어떤 생각을 떠올리고, 아무에게도 말하지 않은 채 몰리의 마구간으로 가서 발굽으로 지푸라기를 헤집었다. 그 아래에 각설탕 몇 개와 색색의 리본 여러 개가 숨겨져 있었다.

사흘 뒤 몰리가 사라졌다. 몇 주 동안 그녀의 행방이 묘연했으나, 비둘기들이 윌링던 저편에서 그녀를 보았다고 보고했다. 몰리는 어느 주점 앞에서 빨간색과 검은색으로 칠해진 말쑥한 이륜마차의 끌채 사이에 서 있었다. 얼굴은 빨갛고 몸은 뚱뚱한 남자가 체크무늬 승마 바지에 각반을 찬 차림으로 몰리의 코를 쓰다듬으며 설탕을 먹이고 있었다. 그 남자가 주점 주인인 것 같았다. 몰리의 털은 바로 얼마 전에 새로 다듬은 것 같았고, 이마 갈기에는 진홍색 리본이 매어져 있었다. 즐거운 시간을 보내고 있는 것 같았다. 비둘기들의 말에 따르면 그랬다. 동물들 중 누구도 두 번 다시 몰리의 이름을 입에 담지 않았다.

1월에 날씨가 혹독해졌다. 땅이 쇠처럼 딱딱해서 밭에서 할 수 있는 일이 없었다. 커다란 헛간에서 많은 회합이 열리고, 돼지들은 다가오는 계절의 일을 계획하는 데 몰두했다. 다른 동물들보다 확연히 영리한 돼지들이 농장의 정책에 관한 모든 문제를 결정하는 것이 이제 당연하게 받아들여지고 있었다. 하지만 그들이 결정을 내리더라도 표결에서 다수표를 얻어 비준받는 절차를 거쳐야 했다. 스노볼과 나폴레옹 사이의 불화만 없었다면, 이런 제도가 잘 운영되었을 것이다. 그 둘은 기회가 생길 때마다 사사건건 부딪쳤다. 둘 중 하나가 보리밭의 비중을 늘리자고 제안하면, 다른 하나는 반드시 귀리밭의 비중을 늘려야 한다고 요구했다. 둘 중 하나가 이러이러한 밭이 양배추 재배에 딱 알맞다고 말하면, 다른 하나는 그 땅이 뿌리채소 재배 외에는 아무짝에도 쓸모가 없다고 단언했다. 각자 추종자를 거느리고 있었으므로, 때로 격렬한 토론이 벌어졌다. 회합에서는 스노볼이 눈부신 연설로 다수의 표를 얻을 때가 많았지만, 나폴레옹은 회합이 없을 때 여기저기 돌아다니며 표를 얻어내는 솜씨가 좋았다. 특히 양들이 그의 말을 잘 들어주었다. 최근 들어 양들은 시도 때도 없이 "네 다리는 좋고 두 다리는 나쁘다"고 매애거리는 버릇이 들었다. 이 방법으로 회합을 방해할 때도 많았다. 그들이 특히 스노볼의 연설 중 중요한 순간에 "네 다리는 좋고 두 다리는 나쁘다"고 외치기 일쑤라는 점이 눈에 띄었다. 스노볼은 집 안에서 찾아낸 《농부와 축산업자》 과월호 몇 권을 열심히 공부했기 때문에 수많은 개혁 방안이 머리에 가득했다. 그는 배수로, 사일로 저장, 염기성 슬래그에 대해 학자처럼 말했으며, 수레로 운반하는 노동을 절약하기 위해 동물들이 매일 장소를 바꿔가며 밭에 직접 똥을 싸는 복잡한 방안을 고안해냈다. 나폴레옹은 스스로 방안을 고안해내지는 않았지만, 스노볼의 계획들이 허사가 될 것이라고 조용히 말했다. 그는 시간을 벌고 있는 것 같았다. 그러나 모든 논란 중에서도 풍차를 놓고 벌어진 논란만큼 격렬한 것은 없었다.

농장 건물들에서 멀지 않은 긴 풀밭에 작은 언덕이 하나 있었다. 그곳이 이 농장에서 가장 높은 곳이었다. 스노볼은 주위를 조사해본 뒤, 여기가 풍차를 설치하기에 딱 알맞은 곳이라고 선언했다. 풍차의 힘으로 발전기를 돌리면 농장에 전기가 들어올 터였다. 그러면 숙소에 불을 켤 수 있고, 겨울에 난방도 할 수 있었다. 회전톱, 짚절단기, 사탕무 슬라이서, 전기 착유기를 돌릴 수도 있었다. 동물들은 이런 말을 한 번도 들어본 적이 없었다(이 농장이 구식이라서 가장 원시적인 기계밖에 없었기 때문이다). 그래서 스노볼이 그려내는 환상적인 기계 이야기에 귀를 기울이며 입을 다물지 못했다. 그는 동물들이 밭에서 느긋하게 풀을 뜯거나 독서와 대화로 마음을 살찌우는 동안 기계가 일을 대신해줄 것이라고 말했다.

스노볼은 몇 주 만에 풍차 계획을 완성했다. 기계의 상세한 설계는 존스 씨가 갖고 있던 세 권의 책《집에서 할 수 있는 유용한 일 1천 가지》,《누구나 할 수 있는 벽돌 쌓기》,《초보자를 위한 전기 설명서》에서 주로 가져왔다. 스노볼은 예전에 부화기가 있던 곳이라 나무 바닥이 매끈해서 그림을 그리기에 적합한 헛간 하나를 자신의 서재로 삼아, 한 번에 몇 시간씩 틀어박혔다. 바위 옆에 책들을 펼쳐 놓고, 앞발 관절 사이에 분필을 끼운 채로 그는 바삐 오가며 줄을 연달아 그리고 혼자 신이 나서 낑낑거리는 소리를 내곤 했다. 그가 그린 도면들이 점차 크랭크와 톱니바퀴의 복잡한 집합으로 변해갔다. 바닥을 절반 넘게 차지한 그 그림을 보고 다른 동물들은 뭐가 뭔지 전혀 알 수 없었지만 몹시 대단하다는 생각이 들었다. 모두 하루에 적어도 한 번씩 스노볼의 그림을 보러 왔다. 심지어 암탉들과 오리들도 와서 분필로 그은 선을 밟지 않으려고 조심조심 움직였다. 냉담한 동물은 나폴레옹뿐이었다. 그는 처음부터 풍차에 반대한다고 선언했다. 하지만 어느 날 예고도 없이 갑자기 나타나서 도면을 살펴보았다. 그는 헛간 안을 무거운 걸음으로 돌아다니며 도면을 꼼꼼히 살펴보고 한두 번 냄새를 맡아보더니, 잠시 가만히 서서 곁눈질로 그림을 바라보며 생각에 잠겼다. 그러다 갑자기 한 다리를 들고 그림 위에 오줌을 싸고는 아무 말 없이 나가버렸다.

풍차 문제를 놓고 농장 전체가 심하게 분열되었다. 스노볼은 풍차를 건설하는 것이 힘든 일임을 부정하지 않았다. 돌을 그곳까지 운반해서 벽을 쌓아 올려야 했다. 그다음에는 풍차 날개를 만들고, 그다음에는 발전기와 전선이 있어야 했다(이 물건들을 어떻게 확보할 것인지에 대해 스노볼은 아무 말도 하지 않았다). 그러나 그는 1년 안에 이 모든 일을 해낼 수 있다고 주장했다. 그렇게 풍차를 건설하고 나면 노동력이 아주 많이 절약될 테니 동물들은 일주일에 사흘만 일하면 된다는 것이었다. 반면 나폴레옹은 지금 당장 필요한 일은 식량 생산량을 늘리는 것이므로, 풍차에 시간을 낭비한다면 모두 굶어 죽을 것이라고 주장했다. 동물들은 두 개의 파당으로 갈라져 각각 '스노볼과 주 3일 노동에 한 표를'이라는 표어와 '나폴레옹과 가득한 여물통에 한 표를'이라는 표어를 내세웠다. 두 파당 중 어느 편도 들지 않는 동물은 벤저민뿐이었다. 그는 먹을 것이 더 풍부해질 것이라는 말도, 풍차가 노동력을 절약해줄 것이라는 말도 믿으려 하지 않았다. 풍차가 있든 없든 삶은 지금까지 항상 그랬던 것처럼 흘러갈 거야. 그는 이렇게 말했다. 힘든 삶이 계속 이어질 것이라는 뜻이었다.

풍차를 둘러싼 다툼 외에, 농장의 방어 문제도 있었다. 외양간 전투에서 패배한 인간들이 농장을 탈환해 존스 씨를 복권시키기 위해 더욱 결의를 다지고 다시 시도에 나설 가능성이 있었다. 그들에게는 그럴 이유가 차고 넘쳤다. 그들이 패했다는 소식이 사방으로 퍼져 나가 인근 농장의 동물들이 어느 때보다 반항적으로 굴기 시작했기 때문이다. 스노볼과 나폴레옹은 이 문제에 대해서도 합의를 보지 못했다. 나폴레옹은 동물들이 총기를 구해서 사용법을 훈련해야 한다고 주장했다. 스노볼은 비둘기들을 더 많이 날려 보내 다른 농장의 동물들이 봉기를 일으키게 선동해야 한다고 주장했다. 사방에서 봉기가 일어난다면, 동물농장이 스스로를 방어할 필요가 없어질 것이라는 논리였다. 동물들은 나폴레옹의 말과 스노볼의 말을 차례로 들은 뒤, 어느 쪽이 옳은지 마음을 정할 수 없었다. 사실 그들은 누구든 발언하는 사람의 말이 항상 옳은 것 같았다.

마침내 스노볼의 도면이 완성되었다. 그다음 일요일에 열린 회합에서 풍차 건설을 시작할지 말지가 표결에 부쳐질 예정이었다. 커다란 헛간에 동물들이 모이자 스노볼이 일어섰다. 가끔 양들이 매 애거리며 방해하긴 했으나, 그는 풍차를 건설해야 하는 이유를 열거하기 시작했다. 그다음에는 나폴레옹이 일어섰다. 그는 아주 조용한 목소리로 풍차 운운하는 것은 헛소리라면서 풍차에 찬성표를 던지지 말라고 조언하고는 곧바로 자리에 앉았다. 그의 발언 시간은 간신히 30초가 될까 말까였다. 그는 자신의 말이 어떤 효과를 낳을지 거의 무심한 것처럼 보였다. 이때 스노볼이 벌떡 일어나서, 다시 매애거리기 시작한 양들을 호통으로 침묵시키고는 풍차의 좋은 점을 열정적으로 호소하기 시작했다. 이때까지 동물들은 양편으로 똑같이 나뉘어 있었으나, 스노볼의 웅변이 순식간에 그들을 사로잡았다. 그는 동물들이 지저분한 노동이라는 짐을 벗은 뒤 동물농장이 어떤 모습이 될지를 빨갛게 타오르는 문장으로 그려냈다. 그의 상상력은 이제 짚 절단기나 사탕무 슬라이서에서 한참 더 나아갔다. 그는 전기로 탈곡기, 쟁기, 써레, 롤러, 수확기 겸 바인더를 돌릴 수 있으며, 모든 숙소에 전등, 뜨거운 물과 찬물, 전기 난방기를 넣어줄 수 있을 것이라고 말했다. 그가 발언을 마치자 동물들이 어느 쪽에 투표할지 분명해졌다. 하지만 바로 그 순간 나폴레옹이 일어서서 묘한 곁눈질로 스노볼을 바라보며 고음으로 우는 소리를 냈다. 그가 그런 소리를 내는 것은 지금껏 아무도 들어본 적이 없었다.

곧 밖에서 무시무시하게 짖어대는 소리가 나더니 거대한 개 아홉 마리가 놋쇠 징이 박힌 목걸이를 찬 채로 헛간으로 뛰어들어와 곧장 스노볼에게 달려들었다. 스노볼은 자리에서 벌떡 일어나 간신히 개들의 이빨을 피했다. 그가 순식간에 문 밖으로 빠져나가자 개들이 그 뒤를 쫓았다. 동물들은 너무 놀라고 무서워서 말문이 막힌 채 너도나도 문 밖으로 나가 추격전을 지켜보았다. 스노볼은 도로로 이어진 길쭉한 풀밭을 전속력으로 달려 가로지르고 있었다. 오로지 돼지만이 낼 수 있는 속도였으나, 개들이 그의 뒤를 바짝 따라붙었다. 갑자기 그가 미끄러지자 틀림없이 개들에게 잡힐 것만 같았다. 하지만 그는 다시 일어나 더욱더 빨리 달렸다. 개들도 그와의 거리를 더욱 좁혔다. 개 한 마리가 스노볼의 꼬리를 거의 이빨로 물 뻔했지만, 스노볼은 간신히 꼬리를 휙 움직여 이빨을 피했다. 그러고는 달리기에 더욱 박차를 가했다. 그는 겨우 몇 인치 차이로 산울타리의 구멍을 쏙 빠져나가 영영 사라져버렸다.

겁에 질린 동물들은 아무 말 없이 슬금슬금 헛간으로 다시 들어갔다. 금방 개들이 뛰어서 돌아왔다. 처음에는 이 녀석들이 어디서 나타난 건지 누구도 상상조차 하지 못했으나, 이 궁금증은 금방 풀렸다. 그들은 나폴레옹이 어미에게서 데려가 몰래 키운 강아지들이었다. 아직 다 자라지 않았지만 덩치가 거대했고, 생김새는 늑대처럼 사나웠다. 그들은 나폴레옹에게서 떨어지지 않았다. 옛날에 다른 개들이 존스 씨에게 했던 것처럼, 그들이 나폴레옹에게 꼬리를 흔드는 모습이 눈에 띄었다.

나폴레옹은 개들을 거느리고 바닥이 높이 솟아오른 곳으로 올라갔다. 옛날에 메이저가 서서 연설을 한 바로 그 자리였다. 그는 이제부터 일요일 아침 회합을 하지 않겠다고 발표했다. 이 회합이 불필요하며 시간 낭비라는 것이었다. 앞으로는 농장의 운영과 관련된 모든 의문이 돼지들의 특별위원회에서 해결될 것이며, 그 위원회의 의장은 자신이 맡을 것이라고 했다. 위원회는 비밀회의를 열어 결정을 내린 뒤 다른 동물들에게 그 결과를 알릴 예정이었다. 동물들은 앞으로도 계속 일요일 오전에 모여 깃발에 예를 표하고, 〈잉글랜드의 동물들〉을 부르고, 그 주의 지시를 전달받으면 되었다. 이제부터 토론은 없었다.

스노볼의 추방으로 충격을 받은 와중에도 동물들은 이 발표를 듣고 당혹감을 느꼈다. 조리 있게 주장할 수만 있다면 여러 동물이 항의했을 것이다. 심지어 복서도 조금은 걱정스러운 표정이었다. 그는 귀를 뒤로 눕히고, 이마 갈기를 여러 차례 흔들며 생각을 정리하려고 애썼다. 하지만 결국 할 말을 생각해내지 못했다. 그러나 돼지들 중에 일부는 제법 분명한 주장을 내놓았다. 맨 앞줄에 있던 어린 식용 돼지 네 마리가 째지는 소리로 불만을 표시했다. 그러고는 모두 벌떡 일어서서 한꺼번에 떠들어대기 시작했다. 하지만 나폴레옹을 에워싸고 앉아 있던 개들이 갑자기 위협적으로 낮게 으르렁거리자 돼지들은 입을 다물고 다시 앉았다. 그다음에는 양들이 엄청나게 큰 소리로 매애거리며 "네 다리는 좋고 두 다리는 나쁘다!"라고 외치기 시작했다. 그들이 거의 15분 동안 계속 이렇게 외쳐대는 바람에 혹시라도 토론이 벌어질 가능성이 모두 사라져버렸다.

나중에 스퀼러가 농장을 돌아다니면서 동물들에게 새로운 방식을 설명했다.

"동무들, 나폴레옹 동무가 스스로 추가 노동을 짊어짐으로써 희생하셨다는 사실을 이곳의 모든 동물들이 알아줄 것이라고 믿습니다. 지도자의 자리가 즐거운 것이라고 생각하지 마세요, 동무들! 오히려 깊고 묵직한 책임이 따르는 자리랍니다. 모든 동물이 평등하다는 말을 나폴레옹 동무만큼 확고하게 믿는 동물은 없습니다. 여러분이 스스로 결정을 내릴 수 있게 해줄 수만 있다면, 나폴레옹 동무는 무척 행복했을 겁니다. 하지만 가끔 여러분이 잘못된 결정을 내릴 수도 있지 않습니까, 동무들. 그러면 우리가 어떻게 되겠습니까? 여러분이 스노볼을 따르기로 결정했다고 상상해보세요. 풍차니 뭐니 헛소리만 하는 스노볼은, 이제 여러분이 잘 알게 되었듯이, 범죄자보다 나을 것이 없었지 않습니까?"

"스노볼은 외양간 전투에서 용감하게 싸웠어." 누군가가 말했다.

"용맹함만으로는 충분하지 않습니다." 스퀼러가 말했다. "충성심과 복종이 더 중요해요. 그리고 외양간 전투 말인데, 나는 거기서 스노볼이 수행한 역할이 크게 과장되었음을 우리가 언젠가 알게 될 거라고 믿습니다. 규율이 중요합니다, 동무들. 강철 같은 규율! 그것이 오늘의 슬로건입니다. 한 발만 잘못 내디뎌도, 적이 우리에게 달려들 겁니다. 설마, 동무들, 존스가 돌아오는 걸 원하지는 않겠지요?"

이번에도 이 주장에는 대답할 말이 없었다. 동물들은 확실히 존스가 돌아오는 것을 원하지 않았다. 일요일 아침에 토론회를 여는 것이 존스를 다시 불러올지도 모른다면, 토론은 그만둬야 마땅했다. 이제 한참 시간을 갖고 생각을 정리한 복서가 전체의 심정을 대변하는 말을 했다. "나폴레옹 동무가 한 말이라면 틀림없이 옳겠지." 그때부터 그는 "내가 더 열심히 일하겠다!"라는 개인적인 좌우명 외에, "나폴레옹은 항상 옳다"라는 말도 좌우명으로 삼았다.

이 무렵에는 이미 날씨도 풀려서 봄철의 쟁기질이 진행 중이었다. 스노볼이 풍차 도면을 그려둔 헛간은 폐쇄되었다. 동물들은 바닥의 도면이 지워졌을 것이라고 생각했다. 매주 일요일 오전 10시에 동물들은 커다란 헛간에 모여 그 주의 지시 사항을 들었다. 살이 모두 떨어진 메이저 영감의 두개골을 누군가가 과수원에서 파내 깃대 발치에 세워둔 총 옆의 그루터기에 올려두었다. 깃발을 게양하고 나면 동물들은 헛간으로 들어가기 전에 한 줄로 늘어서서 그 두개골 앞을 지나며 경의를 표해야 했다. 이제 그들은 옛날처럼 함께 앉지 않았다. 나폴레옹은 노래와 시를 짓는 재능이 뛰어난 미니머스라는 돼지와 스퀼러를 거느리고 연단 앞쪽에 앉았고, 아홉 마리 어린 개들은 그들 주위에 반원형으로 앉았다. 다른 돼지들의 자리는 그 뒤쪽이었다. 나머지 동물들은 헛간 바닥에 그들을 마주 보며 앉았다. 나폴레옹이 군인처럼 무뚝뚝한 목소리로 그 주의 지시 사항을 읽으면, 동물들은 〈잉글랜드의 동물들〉을 딱 한 번 부른 뒤 모두 해산했다.

스노볼이 추방된 뒤 세 번째로 맞는 일요일에 동물들은 결국 풍차를 짓기로 했다는 나폴레옹의 발표를 듣고 조금 놀랐다. 그는 생각을 바꾼 이유를 전혀 밝히지 않고, 이 추가 작업을 위해 몹시 힘들게 일해야 할 것이라는 경고만 내어놓았다. 어쩌면 그들에게 배급되는 먹이를 줄여야 할지도 모른다는 말까지 했다. 하지만 계획은 아주 세세한 부분까지 이미 수립되어 있었다. 돼지들의 특별위원회가 지난 3주 동안 그 작업에 매달린 결과였다. 여러 다양한 개선 작업들과 더불어 풍차 건설에는 2년이 걸릴 것으로 예상되었다.

그날 저녁 스퀼러가 다른 동물들을 찾아와서 설명했다. 나폴레옹은 사실 풍차에 반대한 적이 없으며, 오히려 처음에 풍차를 옹호한 사람이 바로 나폴레옹이라는 것이었다. 스노볼이 부화기가 있던 헛간 바닥에 그린 도면은 사실 그가 나폴레옹의 문서에서 훔쳐간 것이었다. 즉, 풍차는 나폴레옹이 생각해낸 물건이었다. 그러자 누군가가 물었다. 그렇다면 그가 왜 풍차 건설에 그토록 강력히 반대했느냐고. 이때 스퀼러는 몹시 음흉한 표정을 지었다. 그리고 이렇게 말했다. 나폴레옹 동무가 그렇게 영리하십니다. 풍차에 반대하는 것처럼 **보였던** 건 순전히 스노볼을 제거하려는 작전이었습니다. 스노볼은 위험인물이라서 나쁜 영향을 끼치고 있었거든요. 이제 스노볼이 사라졌으니, 그의 방해 없이 계획을 추진할 수 있게 되었습니다. 이런 게 바로 전술이라는 겁니다. 그는 이 말을 몇 차례나 반복했다. "전술입니다, 동무들. 전술!" 그는 폴짝폴짝 뛰고 꼬리를 흔들면서 즐겁게 웃어댔다. 동물들은 이 말이 무슨 뜻인지 잘 몰랐지만, 스퀼러의 말이 워낙 그럴듯했다. 또한 우연히 그와 함께 온 개 세 마리가 아주 위협적으로 으르렁거렸기 때문에, 그들은 더 이상 의문을 제기하지 않고 그의 설명을 받아들였다.

6

그해 내내 동물들은 노예처럼 일했다. 그래도 그들은 일하면서 행복했다. 자기들이 하는 모든 일이 게으름을 피우며 남의 것을 훔쳐가기만 하는 인간 무리를 위한 것이 아니라 자신의 뒤를 따라올 다른 동물들과 스스로를 위한 것임을 알기 때문에 어떤 수고나 희생도 마다하지 않았다.

봄과 여름에 줄곧 그들은 주당 60시간을 일했다. 8월에는 나폴레옹이 이제 일요일 오후에도 일해야 한다고 발표했다. 이것은 전적으로 자발적인 노동이었으나, 여기에 불참하는 동물은 먹이 배급량이 절반으로 줄어들 것이라고 했다. 그런데도 어떤 일들은 마치지 못한 채 남겨두어야 했다. 수확량은 전해에 비해 조금 떨어졌다. 그리고 초여름에 뿌리채소를 심었어야 하는 밭 두 곳에 작업이 이루어지지 않았다. 때맞춰 쟁기질을 마치지 못한 탓이었다. 다가오는 겨울이 힘들 것임을 예상할 수 있었다.

풍차 또한 뜻밖의 문제점들을 드러냈다. 농장에는 석회석을 캘 수 있는 좋은 채석장이 있었다. 헛간 한 곳에서는 많은 양의 모래와 시멘트도 발견되었다. 따라서 건축에 필요한 모든 재료가 갖춰진 셈이었다. 그러나 동물들이 돌을 적당한 크기로 깰 방법이 없다는 것이 첫 번째 문제였다. 곡괭이와 쇠지레가 아니면 이 일을 해낼 길이 없는데, 어떤 동물도 이 도구들을 사용할 수 없었다. 뒷다리로만 설 수 있는 동물이 없기 때문이었다. 몇 주 동안 헛수고를 한 뒤에야 누군가가 좋은 생각을 떠올렸다. 즉, 중력을 이용하자는 것이었다. 너무 커서 어디에도 사용할 수 없는 커다란 돌덩이들이 채석장 사방에 놓여 있었다. 거기에 밧줄을 감은 다음, 소, 말, 양 등 밧줄을 잡을 수 있는 모든 동물이 힘을 합쳐(중요한 순간에는 심지어 돼지들도 합류했다) 느리지만 필사적으로 바위를 끌고 채석장 꼭대기까지 올라갔다. 거기서 벼랑 아래로 돌을 밀면, 돌은 아래로 떨어지면서 박살이 났다. 이렇게 깨진 돌을 옮기는 것은 비교적 쉬웠다. 말들은 돌조각을 수레에 실어 나르고, 양들은 돌을 하나씩 끌었다. 심지어 뮤리얼과 벤저민도 스스로 낡은 이륜마차의 굴레를 매고 자기 몫을 해냈다. 이렇게 돌이 충분히 모인 늦여름 무렵, 돼지들의 감독하에 건설이 시작되었다.

하지만 느리고 힘든 공사였다. 하루 종일 기운이 다 빠질 만큼 힘을 써야 바위 하나를 채석장 꼭대기까지 운반할 수 있는 날이 많았다. 어떤 때는 벼랑으로 밀어 떨어뜨린 바위가 깨지지 않기도 했다. 복서가 없었다면 아무 일도 해낼 수 없었을 것이다. 복서의 힘은 다른 동물의 힘을 모두 합한 것과 맞먹는 듯했다. 바위가 미끄러지는 바람에 동물들이 질질 끌려 내려가며 절망적인 비명을 지를 때면, 항상 복서가 밧줄을 붙잡고 힘을 써서 바위를 멈춰 세웠다. 그가 바위를 끌고 조금씩, 조금씩 비탈길을 올라가다 보면 숨소리가 점점 가빠지고 발굽이 땅으로 파고들고 커다란 옆구리가 땀범벅이 되었다. 모두들 그 광경을 보며 찬탄했다. 클로버가 가끔 그에게 몸을 너무 혹사하지 말라고 경고했지만, 복서는 한 번도 그녀의 말을 들으려 하지 않았다. 그의 두 가지 좌우명, 즉 '내가 더 열심히 일하겠다' 와 '나폴레옹은 항상 옳다'가 그에게는 모든 문제의 충분한 답이 되는 모양이었다. 그는 어린 수탉에게 아침마다 30분 일찍이 아니라 45분 일찍 자신을 깨워달라고 부탁했다. 여유 시간이 생기면, 요즘은 그런 시간이 많지도 않았지만 하여튼 그런 시간이 생기면 그는 혼자 채석장으로 가서 깨진 돌조각들을 모아 누구의 도움도 없이 풍차 건설 현장으로 끌고 내려왔다.

그해 여름 내내 힘든 노동을 했어도 동물들의 생활이 그렇게 나쁘지는 않았다. 존스의 시대보다 더 많이 먹지는 못해도, 최소한 먹이가 줄어들지는 않았다. 씀씀이가 헤픈 인간 다섯 명을 먹여 살릴 필요 없이 각자 자신의 먹이만 신경 쓰면 되는 이 상황이 너무나 좋아서, 앞으로 엄청나게 많은 실패를 겪지 않는 한 이 생활을 싫어하게 될 것 같지는 않았다. 또한 여러 면에서 동물들의 작업 방식이 더 효율적이라 노동력이 절약되었다. 예를 들어, 동물들은 인간들이 도저히 해낼 수 없을 만큼 철저하게 잡초를 뽑을 수 있었다. 게다가 다시 말하지만 이제 도둑질을 하는 동물이 없었으므로, 경작지와 풀밭 사이에 울타리를 칠 필요가 없어서 산울타리와 출입문 관리에 들어가던 노동력이 많이 절약되었다. 그런데도 여름이 익어가면서, 미처 예상하지 못했던 다양한 부족 현상이 나타나기 시작했다. 파라핀유, 못, 끈, 개 먹이 비스킷, 말의 편자에 쓸 철이 부족했다. 모두 농장에서 생산할 수 없는 물건들이었다. 나중에는 씨앗과 인공 비료도 부족해졌고, 다양한 도구도 부족해졌으며, 결국 풍차에 필요한 기계도 어디서 구해와야 했다. 이것들을 확보할 방법을 누구도 상상조차 할 수 없었다.

어느 일요일 아침에 동물들이 지시를 받기 위해 모였을 때, 나폴레옹이 새로운 방침을 정했다고 발표했다. 이제부터 동물농장이 이웃 농장들과 교역을 할 것이라는 내용이었다. 물론 상업적인 목적의 교역이 아니라, 시급하게 필요한 물건을 손에 넣기 위한 교역일 뿐이었다. 그는 풍차에 필요한 물건이 다른 무엇보다 우선시되어야 한다고 말했다. 그는 이미 건초 더미와 올해의 밀 수확량 일부를 판매하기 위한 작업을 진행 중이었으며, 나중에 돈이 더 필요해지면 달걀을 팔 예정이었다. 윌링던에서 달걀이 항상 잘 팔리기 때문이었다. 나폴레옹은 암탉들이 이 희생을 통해 풍차 건설에 특별한 기여를 하게 된 것을 기뻐해야 할 것이라고 말했다.

동물들은 또다시 막연한 불안을 느꼈다. 인간들과는 어떤 거래도 하지 말라, 어떤 교역도 하지 말라, 결코 돈을 사용하지 말라, 이것이 존스를 쫓아낸 뒤 처음 의기양양하게 열린 회합에서 가장 먼저 통과된 결의가 아니었던가? 그런 결의안을 통과시킨 것을 모두 기억했다. 아니, 적어도 그들이 생각하기에는 그 기억이 맞는 것 같았다. 나폴레옹이 회합을 폐지했을 때 항의한 젊은 돼지 네 마리가 소심하게 목소리를 높였지만, 개들이 무시무시하게 으르렁거리는 바람에 즉각 입을 다물어버렸다. 그러고는 여느 때처럼 양들이 "네 다리는 좋고 두 다리는 나쁘다!"라고 외치기 시작하면서 어색한 순간이 두루뭉술하게 넘어갔다. 마지막으로 나폴레옹이 앞발을 들어 동물들을 조용히 시킨 뒤에, 자기가 이미 필요한 작업을 모두 해놓았다고 발표했다. 어떤 동물이든 인간과 접촉할 필요가 없다는 것이었다. 인간과의 접촉은 확실히 가장 바람직하지 않은 일이 될 것이라는 말도 했다. 그는 모든 짐을 자기 혼자 질 생각이었다. 그는 월링던에 사는 변호사인 휨퍼 씨라는 사람이 동물농장과 바깥세상 사이의 매개 역할을 해주기로 했으며, 매주 월요일 아침에 동물농장에 들러 지시를 받을 것이라고 밝혔다. 그리고 여느 때처럼 "동물농장 만세!"라는 말로 연설을 마쳤다. 동물들은 〈잉글랜드의 동물들〉을 부른 뒤 해산했다.

나중에 스퀼러가 농장을 한 바퀴 돌면서 동물들의 마음을 다독거렸다. 그는 교역과 돈에 반대하는 결의안이 결코 통과된 적이 없을 뿐만 아니라, 심지어 제출된 적도 없다고 분명하게 말했다. 그 결의안에 대한 기억은 순전히 상상의 산물이며, 십중팔구 스노볼이 퍼뜨린 거짓말이 원인일 것이라고 했다. 아직 어렴풋이 의심을 품은 동물이 몇 마리 있었으나, 스퀼러가 그들에게 날카로운 질문을 던졌다. "그게 여러분이 꿈에서 본 일이 아니라고 확신합니까, 동무들? 그런 결의안과 관련된 기록을 갖고 있어요? 어딘가에 글로 적혀 있습니까?" 그런 종류의 문서는 확실히 존재하지 않았으므로,

동물들은 자신이 잘못 생각했음을 인정했다.

월요일마다 예정대로 휨퍼 씨가 농장에 들렀다. 구레나룻을 기른 얼굴은 교활해 보였고, 몸집은 작은 편이었다. 그는 아주 별 볼 일 없는 변호사였지만, 동물농장에 중개인이 필요하며 수수료도 제법 괜찮을 것이라는 사실을 누구보다 먼저 알아차릴 만큼 예리했다. 동물들은 그가 드나드는 것을 일종의 두려움을 품고 지켜보았다. 그와 마주치는 것도 최대한 피했다. 그래도 나폴레옹이 네 다리로 서서 두 다리로 선 휨퍼에게 지시를 내리는 광경이 그들에게 자부심을 불어넣었기 때문에, 그들은 이 새로운 상황에 조금 마음을 열었다. 그들과 인류의 관계는 이제 예전 같지 않았다. 번창하는 동물농장에 대한 인간들의 증오는 전혀 줄어들지 않았다. 아니, 사실은 그 어느 때보다 증오심이 컸다. 모든 인간은 이 농장이 조만간 파산할 것이며 무엇보다 풍차가 실패로 돌아갈 것이라는 믿음을 확고히 품고 있었다. 그들은 주점에서 만나 도표를 그려가며 풍차가 무너질 수밖에 없다든가, 설사 풍차를 세우더라도 결코 제대로 돌아가지 않을 것이라는 주장을 서로서로 증명했다. 그래도 본의 아니게 그들은 동물들이 스스로 일을 처리하는 효율적인 방식을 어느 정도 존중하게 되었다. 이런 심정을 보여주는 변화 중 하나는 그들이 이곳을 동물농장이라고 제대로 불러주기 시작했다는 점이었다. 이제 그들은 이 농장의 이름이 여전히 매너 농장인 것처럼 굴지 않았다. 존스를 옹호하던 것도 그만두었다. 존스는 농장을 되찾을 수 있을 것이라는 희망을 포기하고 다른 지역으로 가버렸다. 하지만 휨퍼를 제외하면, 아직 누구도 동물농장과 접촉하지 않았다. 나폴레옹이 폭스우드의 필킹턴 씨나 핀치필드의 프레더릭 씨와 확실한 사업상의 거래를 맺을 것 같다는 소문은 끊임없이 떠돌아다녔다. 다만 두 사람과 동시에 거래하는 일은 절대 없을 터였다.

돼지들이 갑자기 존스가 쓰던 집으로 들어가 살게 된 것이 이 무렵이었다. 이번에도 동물들은 이런 일에 반대하는 결의안이 초창기에 통과된 기억이 나는 듯했으나, 또 스킬러가 그렇지 않다고 그들을 납득시켰다. 그는 이 농장의 두뇌인 돼지들에게는 조용히 일할 곳이 절대적으로 필요하다고 말했다. 또한 그냥 돼지우리에서 사는 것보다 집에서 사는 편이 지도자(최근 들어 그는 나폴레옹을 '지도자'라는 호칭으로 부르는 버릇이 생겼다)의 위엄에 더 어울린다는 말도 했다. 그래도 일부 동물들은 돼지들이 부엌에서 식사를 할 뿐만 아니라 응접실을 오락실로 사용하고, 침대에서 잠을 자기까지 한다는 말을 듣고 마음이 불편해졌다. 복서는 평소처럼 "나폴레옹은 항상 옳다!"라면서 넘겼지만, 클로버는 침대를 금지하는 규정이 분명히 있었던 것 같아서 헛간 벽으로 다가가 그곳에 새겨진 일곱 계명의 수수께끼를 풀어보려고 했다. 하지만 그녀가 읽어낼 수 있는 것은 각각의 알파벳 글자들뿐이었으므로, 가서 뮤리얼을 데려왔다.

"뮤리얼, 네 번째 계명을 읽어줘. 거기에 절대 침대에서 자지 말라고 되어 있지 않아?"

뮤리얼이 조금 힘겹게 한 자, 한 자 글자를 읽었다.

"뭐라고 돼 있냐면, '어떤 동물도 **침대보가 있는** 침대에서 자면 안 된다', 라는데요."

이상한 일이지만, 클로버는 네 번째 계명에 침대보가 언급되었다는 기억이 없었다. 하지만 벽에 그렇게 적혀 있으니 틀림없이 전에도 그 말이 있었을 것이다. 그 순간 마침 개 두세 마리를 거느리고 그 옆을 지나가던 스퀼러가 이 문제를 제대로 정리해주었다.

"들으셨을 겁니다, 동무. 요즘 우리 돼지들이 집 안의 침대에서 잔다는 말을. 안 될 것 없지 않습니까? 설마 **침대**에 반대하는 규칙이 있었다고 생각한 것은 아니죠? 침대는 그냥 잠자는 곳일 뿐입니다. 외양간에 짚을 쌓아둔 것도 당당한 침대죠. 저 규칙에서 반대한 것은 **침대보**였습니다. 그건 인간들의 발명품이니까요. 우리는 집 안의 침대에서 침대보를 치우고, 침대보도 이불도 모두 담요로 대신하고 있습니다. 침대가 어찌나 편안한지 몰라요! 하지만 그런 편안함이 바로 우리에게 필요합니다, 동무. 요즘 우리가 머리를 얼마나 써야 하는지 아시잖아요. 우리에게서 휴식을 빼앗으려는 건 아니죠, 동무? 우리가 일을 제대로 수행하지 못할 만큼 지쳐버리는 걸 바라는 건 아니죠? 틀림없이 여러분 모두 존스가 돌아오기를 바라는 건 아니겠죠?"

동물들은 즉시 그럴 리 없다고 말했다. 그 뒤로 돼지들이 집 안의 침대에서 자는 문제에 대해서는 아무도 뭐라고 하지 않았다. 며칠 뒤 이제부터는 돼지들이 아침에 다른 동물들보다 1시간 늦게 일어날 것이라는 발표를 들었을 때도 동물들은 전혀 불만을 말하지 않았다.

가을 무렵 동물들은 피곤하지만 행복했다. 힘든 한 해를 보냈고, 건초와 곡식을 일부 팔아버린 탓에 겨울에 먹을 식량이 그리 풍족하지는 않았으나, 풍차가 모든 것을 보상해주었다. 풍차 건설이 이제 거의 절반쯤 진행되었다. 추수가 끝난 뒤 맑고 건조한 날이 이어지자 동물들은 어느 때보다 힘들게 일하면서도, 이렇게 해서 벽을 조금이라도 더 쌓을 수 있다면 하루 종일 터벅터벅 오가며 돌덩이를 나를 가치가 있다고 생각했다. 복서는 심지어 밤에도 나와서 달빛을 받으며 혼자 한두 시간 동안 더 일을 했다. 한가한 시간에 동물들은 반쯤 완성된 풍차 주위를 돌고 또 돌면서 똑바로 뻗은 튼튼한 벽에 감탄했다. 자기들이 이렇게 위풍당당한 것을 지을 수 있었다는 사실도 놀라웠다. 오로지 벤저민 영감만이 늘 그렇듯이 풍차에 대해 열띤 반응을 보이지 않았다. 그는 당나귀들의 수명이 길다는 수수께끼 같은 말만 중얼거릴 뿐이었다.

11월과 함께 난폭한 남서풍이 불어왔다. 시멘트를 혼합하기에는 날씨가 너무 습해서 건설을 중단하는 수밖에 없었다. 그러던 어느 날 밤 거센 강풍에 농장 건물들이 흔들리고 헛간 지붕의 기와가 여러 장 날아가는 일이 일어났다. 암탉들은 모두 공포에 질려서 꼬꼬댁거리며 깨어났다. 멀리서 총성이 울리는 꿈을 모두 동시에 꾼 탓이었다. 아침에 동물들이 밖으로 나와 보니, 깃대가 바람에 꺾여 쓰러지고 과수원 기슭의 느릅나무 한 그루가 무처럼 땅에서 쑥 뽑혀 있었다. 바로 그때 모든 동물의 목구멍에서 절망의 외침이 터져 나왔다. 무시무시한 광경이 눈에 들어왔기 때문이었다. 풍차가 폐허로 변해 있었다.

동물들은 한마음이 되어 현장으로 달려갔다. 아무리 바빠도 잘 뛰지 않는 나폴레옹이 누구보다 앞서 달려갔다. 그들이 쏟은 힘겨운 수고의 과실이 완전히 무너져 있었다. 그들이 작게 깨서 힘들게 운반해온 돌들이 사방에 흩어져 있었다. 다들 처음에는 아무 말도 하지 못하고 흩어진 돌들만 슬픈 눈으로 바라보았다. 나폴레옹은 말없이 오락가락하면서 가끔 땅에 코를 대고 킁킁 냄새를 맡았다. 그의 꼬리가 빳빳하게 서서 좌우로 날카롭게 움찔거렸다. 그의 머리가 정신없이 돌아가고 있다는 신호였다. 그가 드디어 마음을 정하기라도 했는지 갑자기 걸음을 멈췄다.

"동무들." 그가 조용히 말했다. "누가 이런 짓을 저질렀는지 아시오? 밤에 이곳으로 들어와 우리의 풍차를 무너뜨린 적이 누군지 아시오? **스노볼**이오!" 그가 갑자기 천둥처럼 고함을 질렀다. "스노볼이 이런 짓을 저질렀소! 순전히 악의에 차서, 우리 계획을 방해하고, 자기가 그렇게 굴욕적으로 쫓겨난 복수를 하려고. 이 반역자가 밤의 어둠을 틈타 몰래 들어와서 우리가 거의 1년을 쏟은 이 풍차를 파괴했소. 동무들, 바로 이 자리에서 내가 스노볼에게 사형선고를 내리는 바이오. 놈에게 정의의 심판을 내리는 동물은 누구든지 '2급 동물영웅' 칭호와 사과 반 부셸을 받을 것이오. 놈을 사로잡아오는 동물에게는 사과 1부셸을 주겠소!"

동물들은 스노볼 같은 자도 이런 행동을 할 수 있다는 사실을 알고 헤아릴 수 없을 만큼 충격을 받았다. 누군가가 분노에 차서 고함을 지르더니, 곧 모두들 만일 스노볼이 다시 오는 경우 그를 잡을 방법을 고민하기 시작했다. 순식간에 언덕에서 조금 떨어진 풀밭에서 돼지의 발자국이 발견되었다. 발자국은 고작 몇 야드만 이어져 있었지만, 산울타리의 구멍으로 향하는 것 같았다. 나폴레옹은 발자국들의 냄새를 깊이 들이마시더니, 스노볼의 것이 맞는다고 선언했다. 그리고 스노볼이 폭스우드 농장 쪽에서 온 것 같다는 의견을 내놓았다.

"더 이상 지체할 수 없소, 동무들!" 발자국 조사가 끝난 뒤 나폴레옹이 소리쳤다. "우리가 해야 할 일이 있으니. 바로 오늘 아침부터 우리는 풍차 재건을 시작해 겨울 내내 작업할 것이오. 비가 오나 눈이 오나. 이 한심한 반역자에게 우리의 수고를 그토록 쉽사리 무너뜨릴 수 없다는 것을 가르쳐줄 것이오. 명심하시오, 동무들. 우리 계획을 조금이라도 바꿀 수는 없소. 정해진 날짜까지 일이 모두 끝나야 하오. 전진이오, 동무들! 풍차 만세! 동물농장 만세!"

7

혹독한 겨울이었다. 폭풍이 지나간 다음에는 진눈깨비와 눈이 내렸고, 그다음에는 지독한 추위가 몰려와 2월까지도 풀리지 않았다. 동물들은 풍차 재건 작업에 최선을 다했다. 바깥세상이 자신들을 지켜보고 있다는 것, 만약 정해진 때까지 풍차를 완성하지 못한다면 시기에 찬 인간들이 의기양양하게 기뻐 날뛰리라는 것을 그들도 잘 알고 있었다.

앙심을 품은 인간들은 스노볼이 풍차를 파괴한 범인이라는 말을 믿지 않는 척했다. 그들은 벽이 너무 얇아서 풍차가 무너졌다고 말했다. 동물들은 그렇지 않다는 것을 알고 있었다. 그래도 지난번에 18인치였던 벽의 두께를 이번에는 3피트로 늘리기로 결정되었다. 돌을 훨씬 더 많이 날라야 한다는 뜻이었다. 그러나 채석장에 눈이 가득 쌓여서 오랫동안 아무 일도 할 수 없었다. 그 뒤에 찾아온 건조한 맹추위 속에서는 어느 정도 일을 진행할 수 있었으나, 환경이 가혹했다. 동물들은 예전처럼 이 일에 대해 희망을 품을 수 없었다. 그들은 항상 추위에 시달렸고, 거기에 굶주림이 겹칠 때도 많았다. 오로지 복서와 클로버만이 기운을 잃지 않았다. 스퀼러는 봉사의 기쁨과 노동의 존엄성에 대해 훌륭한 연설을 했지만, 동물들은 복서의 강인함과 결코 흔들리지 않는 "내가 더 열심히 일하겠다!"라는 외침에서 더 많은 힘을 얻었다.

1월에 식량이 부족해졌다. 곡식 배급량이 급격히 줄어들더니, 부족한 부분을 보충하기 위해 감자가 추가로 배급될 것이라는 발표가 있었다. 그런데 알고 보니 수확해서 쌓아둔 감자 대부분이 얼어버린 상태였다. 감자 더미를 잘 덮어두지 않은 탓이었다. 색이 변하고 물렁물렁해진 감자가 많아서, 먹을 수 있는 것은 몇 개뿐이었다. 동물들은 여물과 사탕무만으로 며칠을 버텼다. 곧 틀림없이 기아의 위험이 닥쳐올 것 같았다.

이런 사실을 바깥세상에는 반드시 감춰야 했다. 인간들은 풍차가 무너진 것을 보고 대담해져서, 동물농장에 대해 새로운 거짓말들을 지어내고 있었다. 모든 동물이 기근과 질병으로 죽어가고 있으며, 자기들끼리 끊임없이 싸움을 벌이다가 서로의 살을 뜯어먹거나 새끼를 잡아먹게 되었다는 소문이 또 떠돌아다녔다. 나폴레옹은 농장의 실제 식량 상황이 알려지면 어떤 일이 일어날지 잘 알았기 때문에, 휨퍼 씨를 이용해서 정반대의 인상을 퍼뜨리기로 했다. 그때까지 동물들은 매주 방문하는 휨퍼와 거의 접촉하지 않았다. 하지만 이제는 선택된 동물 몇 마리, 주로 양들이 그가 들을 수 있는 곳에서 배급량이 늘어났다고 지나가듯 말하라는 지시를 받았다. 나폴레옹은 또한 곳간의 거의 비어 있는 통들에 모래를 채운 뒤, 그 위를 곡식으로 덮으라고 지시했다. 그다음에는 적당한 핑계를 만들어 휨퍼를 곳간으로 데려와 한 바퀴 돌면서 통을 언뜻언뜻 볼 수 있게 해주었다. 이렇게 속아 넘어간 휨퍼는 동물농장에 식량이 부족하지 않다는 소식을 계속 바깥세상에 전달했다.

그래도 1월 말이 가까워지자, 어디서든 반드시 곡식을 좀 구해와야 한다는 사실이 분명해졌다. 얼마 전부터 나폴레옹은 다른 동물들 앞에 거의 모습을 드러내지 않고 집 안에서 모든 시간을 보냈다. 집의 모든 문에는 사납게 생긴 개들이 경비를 서고 있었다. 그가 밖으로 나올 때는 개 여섯 마리를 호위로 거느린 거창한 모습이었다. 개들은 그를 바짝 에워싸고 있다가 누가 너무 가까이 다가온다 싶으면 으르렁거렸다. 나폴레옹이 일요일 아침에도 모습을 드러내지 않은 채 다른 돼지를 통해 지시를 전달하는 일도 잦아졌다. 주로 스퀼러가 그 역할을 맡았다.

어느 일요일 아침에 스퀼러는 바로 얼마 전 또 알을 낳을 때가 된 암탉들이 반드시 달걀을 내놓아야 한다고 발표했다. 나폴레옹이 휨퍼를 통해 매주 달걀 400개를 파는 계약을 맺었다는 것이었다. 달걀을 판 돈으로 먹을 것을 충분히 사들이면, 여름이 되어 상황이 나아질 때까지 농장의 동물들이 버틸 수 있을 것이라고 했다.

암탉들은 이 말을 듣고 무섭게 소리를 질러댔다. 이런 희생이 필요해질지도 모른다는 경고를 일찌감치 듣기는 했지만, 정말로 이런 날이 올 것이라고는 생각한 적이 없었다. 봄에 알을 품어 부화시키려고 준비하던 그들은 지금 알을 빼앗아가는 것은 살해라고 항의했다. 존스를 쫓아낸 뒤 처음으로 봉기와 비슷한 일이 벌어진 것이다. 암탉들은 블랙 미노카 품종의 젊은 암탉 세 마리의 지휘로 나폴레옹의 뜻을 꺾기 위해 단호히 저항했다. 그들이 선택한 방법은 서까래까지 날아올라가 거기에 알을 낳는 것이었다. 알은 바닥에 떨어져 박살이 났다. 나폴레옹은 신속하고 무자비하게 대처했다. 그는 암탉들에게 주던 배급을 끊으라고 지시한 뒤, 그들에게 곡식을 한 알이라도 주는 동물은 처형당할 것이라고 선포했다. 개들은 나폴레옹의 지시가 잘 이행되는지 감독했다. 암탉들은 닷새 동안 버티다가 항복하고 원래 알을 낳으려던 자리로 돌아갔다. 그동안 암탉 아홉 마리가 죽었다. 그들의 시신은 과수원에 묻혔고, 그들의 사인은 포자충에 의한 전염병으로 발표되었다. 휨퍼는 이 일을 까맣게 몰랐다. 달걀은 매주 한 번씩 농장으로 오는 식료품점의 짐마차를 통해 성실하게 배달되었다.

그동안 내내 스노볼은 어디서도 눈에 띄지 않았다. 그가 이웃 농장인 폭스우드나 핀치필드에 숨어 있다는 소문은 있었다. 이제 나폴레옹은 이 이웃 농장의 농부들과 예전보다 아주 조금 나아진 관계를 유지하고 있었다. 한편 농장 마당에는 10년 전 너도밤나무 숲을 베어내면서 생긴 목재가 쌓여 있었다. 잘 건조된 그 목재를 보고 휨퍼는 나폴레옹에게 한번 판매해보라고 조언했다. 필킹턴 씨와 프레더릭 씨 둘 다 그걸 사고 싶어 안달이라는 것이었다. 나폴레옹은 두 사람 사이에서 망설이며 마음을 정하지 못했다. 왠지 그가 프레더릭과 거래를 맺으려고 하기만 하면, 스노볼이 폭스우드에 숨어 있다는 소식이 들려왔다. 반대로 그의 마음이 필킹턴 쪽으로 기울면, 이번에는 스노볼이 핀치필드에 있다고 했다.

초봄에 갑자기 놀라운 사실이 드러났다. 스노볼이 밤에 몰래 농장을 드나들고 있었다! 동물들은 너무 불안해서 잠을 제대로 이루지 못했다. 들리는 말에 따르면, 스노볼이 매일 밤 어둠을 틈타 몰래 들어와서 온갖 장난을 친다고 했다. 곡식을 훔치고, 우유통을 뒤엎고, 달걀을 깨뜨리고, 모판을 짓밟고, 과일나무의 껍질을 갉아댄다는 것이었다. 무엇이든 문제가 생기기만 하면, 스노볼의 탓으로 돌리는 것이 일상이 되었다. 창문이 깨지거나 배수구가 막히면, 스노볼이 밤에 와서 저지른 짓이라는 말이 반드시 들려왔다. 곳간의 열쇠가 사라졌을 때는 스노볼이 그것을 우물에 던져버렸다고 농장의 모든 동물들이 확신했다. 그런데 묘하게도 문제의 그 열쇠가 곡식 가루를 담아둔 자루 밑에서 발견된 뒤에도 동물들의 믿음은 흔들리지 않았다. 암소들은 스노볼이 외양간으로 몰래 들어와 자고 있던 자신들의 젖을 짜갔다고 한목소리로 단언했다. 지난겨울에 말썽을 피운 쥐들이 스노볼과 한패라는 말도 있었다.

나폴레옹은 스노볼의 활동에 대한 철저한 조사가 필요하다고 선포했다. 그는 개들을 거느리고 농장 건물을 순회하며 꼼꼼히 살피기 시작했다. 다른 동물들은 예의를 지키느라 거리를 두고 그 뒤를 따랐다. 나폴레옹은 몇 걸음마다 한 번씩 멈춰 서서 땅에 코를 대고 킁킁거리며 스노볼의 발길이 남긴 흔적을 찾았다. 그는 자신이 냄새로 그것을 찾아낼 수 있다고 했다. 그는 구석구석 킁킁거렸다. 헛간에서, 외양간에서, 닭장에서, 채소밭에서. 그리고 거의 모든 곳에서 스노볼의 흔적을 찾아냈다. 그는 주둥이를 땅에 대고 여러 번 깊게 숨을 들이마시며 킁킁거린 뒤 무서운 목소리로 외쳤다. "스노볼이다! 여기에 왔다 갔어! 놈의 냄새가 분명해!" 그가 '스노볼'이라고 말하는 순간 모든 개들이 피를 얼려버릴 것처럼 무섭게 으르렁거리며 이빨을 드러냈다.

동물들은 뼛속까지 겁에 질렸다. 그들이 보기에는 스노볼이 주위의 공기에 스며들어 온갖 위험을 초래하는, 보이지 않는 위협 같았다. 저녁에 스퀄러가 동물들을 한자리에 모으더니, 잔뜩 경계하는 얼굴로 심각한 소식이 있다고 말했다.

"동무들!" 스퀄러가 불안한 듯 폴짝 뛰었다. "무시무시한 일이 발각되었습니다. 스노볼이 핀치필드 농장의 프레더릭에게 스스로를 팔았답니다. 프레더릭은 현재 우리를 공격해서 우리 농장을 빼앗을 음모를 꾸미고 있습니다! 공격이 시작되면 스노볼이 안내인 역할을 할 겁니다. 이것이 전부가 아닙니다. 우리는 스노볼이 순전히 허세와 야망 때문에 반기를 들었다고 생각했지만, 틀렸습니다, 동무들. 진짜 이유가 무엇이었는지 아십니까? 스노볼은 처음부터 존스와 한패였습니다! 그동안 내내 존스의 간첩이었단 말입니다. 놈이 남기고 간 서류를 통해 모두 증명된 사실입니다. 우리는 그 서류를 이제야 발견했습니다. 그러고 보니 이제 많은 것이 이해가 됩니다, 동무들. 놈이 외양간 전투 때 우리의 패배와 파멸을 유도하려고 시도한 것을 우리 눈으로 직접 보지 않았습니까? 놈이 성공하지 못했으니 다행이죠."

동물들은 망연자실했다. 이건 스노볼이 풍차를 파괴한 것과는 비교도 되지 않는 사악한 일이었다. 동물들은 몇 분이 흐른 뒤에야 이 말의 뜻을 온전히 이해했다. 그리고 외양간 전투 때 스노볼이 앞장 서서 돌격하던 것, 고비가 올 때마다 그가 전열을 가다듬고 격려하 던 것, 존스가 쏜 총에 등을 맞았는데도 잠시도 멈추지 않던 것을 기 억해냈다. 아니, 그런 기억이 있는 것 같았다. 처음에는 이 기억이 그가 존스의 첩자라는 말과 어떻게 맞아떨어지는지 잘 이해할 수 없었다. 거의 의문을 품지 않는 복서조차 어리둥절했다. 그는 바닥 에 누워 앞발의 발굽을 몸 아래로 넣고 눈을 감았다. 그리고 힘들게 생각을 정리했다.

"난 못 믿겠어." 그가 말했다. "외양간 전투 때 스노볼은 용감하게 싸웠어. 내가 직접 봤어. 전투 직후에 우리가 스노볼에게 '1급 동물 영웅' 칭호를 주지 않았어?"

"그건 우리가 실수한 거야, 동무. 사실은 놈이 우리를 꾀어서 파멸 하게 만들려고 했다는 걸 이제는 아니까. 우리가 찾아낸 비밀 서류 에 다 적혀 있는 사실이야."

"하지만 스노볼도 부상을 입었잖아." 복서가 말했다. "스노볼이 피를 흘리는 걸 우리 모두가 봤어."

"그것도 미리 계획된 거야!" 스퀄러가 소리쳤다. "존스의 총알은 놈을 스쳤을 뿐이야. 놈이 직접 쓴 글을 보여줄 수도 있어. 동무가 글을 읽을 줄 안다면. 결정적인 순간에 스노볼이 도망치라는 신호 를 우리에게 보내서 적을 위해 들판을 비워주는 게 그들의 음모였 어. 놈은 거의 성공할 뻔했지. 동무들, 우리의 영웅적인 지도자 나폴 레옹 동무가 아니었다면 놈이 성공**했을 거라고** 말하겠습니다. 존스 일당이 마당으로 들어왔을 때 스노볼이 갑자기 돌아서서 도망치고 많은 동물들이 그 뒤를 따른 것이 기억나지 않습니까? 바로 그 순간, 그러니까 공포가 퍼져 모두 졌다는 생각이 들었을 때 나폴레옹 동무가 '인류를 죽이자!'라고 외치면서 앞으로 튀어나가 존스의 다리에 이빨을 박아 넣은 것이 기억나지 않습니까? **그건** 틀림없이 기억하지요, 동무들?" 스퀼러는 좌우로 껑충껑충 뛰면서 소리쳤다.

스퀼러의 생생한 설명을 듣고 보니, 정말로 그런 기억이 있는 것 같았다. 어쨌든 결정적인 순간에 스노볼이 몸을 돌려 도망친 것은 확실히 기억났다. 그래도 복서는 여전히 조금 미심쩍었다.

"스노볼이 처음부터 배신자였던 건 아닐 거야." 마침내 그가 말했다. "나중에 한 일은 다르지만. 그래도 외양간 전투 때 스노볼은 틀림없이 좋은 동지였어."

"우리의 지도자, 나폴레옹 동무가 단언하셨어." 스퀼러가 아주 느릿느릿 단호하게 말했다. "단언하셨다고, 동무. 스노볼은 처음부터 존스의 간첩이었다고. 아니지, 우리가 봉기를 생각하기 훨씬 전부터 간첩이었다고 하셨어."

"아, 그럼 얘기가 다르지!" 복서가 말했다. "나폴레옹 동무의 말씀이라면 틀림없이 옳아."

"바로 그런 정신이야, 동무!" 스퀼러가 소리쳤다. 하지만 그가 반짝이는 작은 눈으로 복서를 아주 못되게 바라보는 모습이 눈에 띄었다. 그는 자리를 뜨려고 몸을 돌렸다가 멈춰 서서 인상적인 말을 덧붙였다. "눈을 크게 뜨고 있으라고 이 농장의 모든 동물에게 경고합니다. 스노볼의 일당 중 일부가 지금도 우리들 사이에 숨어 있다고 볼 만한 근거가 있기 때문입니다!"

　나흘 뒤 오후 늦게 나폴레옹은 모든 동물들에게 마당으로 모이라고 지시했다. 그러고는 훈장 두 개(그가 최근 자기 자신에게 '1급 동물영웅'과 '2급 동물영웅' 훈장을 수여했다)를 모두 달고 집에서 모습을 드러냈다. 덩치가 거대한 개 아홉 마리가 그의 주위에서 겅중거렸다. 그러다 개들이 으르렁거리는 소리를 내면, 모두의 등골이 오싹해졌다. 그들은 아주 끔찍한 일이 곧 벌어지리라는 것을 미리 알기라도 한 것처럼 제자리에서 조용히 몸을 웅크리고 있었다.

　나폴레옹은 가만히 서서 엄한 눈으로 청중을 훑어보다가, 아주 고음으로 우는 소리를 냈다. 곧바로 개들이 뛰어나와 돼지 네 마리의 귀를 물고 나폴레옹의 발치까지 끌어다 놓았다. 돼지들은 고통과 공포로 꽥꽥 소리를 질러댔다. 돼지들의 귀에서 피가 흘렀다. 개들이 이미 피 맛을 보았다는 뜻이었다. 순간적으로 그들이 완전히 미쳐 날뛸 것처럼 보였다. 개 세 마리가 복서에게 몸을 던지자 모두 깜짝 놀랐다. 복서는 놈들이 달려드는 것을 보고, 허공으로 뛰어오른 개 한 마리를 앞발로 눌러 바닥에 박아버렸다. 그 개가 자비를 구하며 비명을 지르자, 나머지 두 마리는 꼬리를 말고 도망쳤다. 복서는 개를 짓밟아 죽여버려야 할지 아니면 놓아주어야 할지 나폴레옹의 눈치를 보았다. 나폴레옹은 안색이 변한 것 같았다. 그가 복서에게 개를 놓아주라고 날카로운 목소리로 명령하자 복서는 발을 들어올렸다. 개는 멍든 몸으로 울어대며 슬그머니 사라졌다.

　곧 소란이 가라앉았다. 돼지 네 마리는 덜덜 떨며 기다리고 있었다. 완전히 죄를 지은 자의 표정 그 자체였다. 나폴레옹이 그들에게 죄를 자백하라고 요구했다. 그들은 나폴레옹이 일요일 회합을 폐지했을 때 항의한 바로 그 네 마리 돼지였다. 그들은 스노볼이 추방된 뒤로 줄곧 그와 비밀리에 연락을 주고받았으며, 그와 공모해서 풍차를 파괴했고, 동물농장을 프레더릭 씨에게 넘기기로 그와 협약을 맺었다고 곧바로 자백했다. 그리고 스노볼이 오래전부터 존스의 첩자였음을 자신들에게 비밀리에 인정했다는 말을 덧붙였다. 자백이 끝나자 개들이 즉시 그들의 목을 물어뜯었다. 나폴레옹은 자백할 것이 있는 동물이 더 있느냐고 무시무시한 목소리로 다그치듯 물었다.

달걀을 둘러싸고 암탉들이 봉기를 시도했을 때 지도자 역할을 한 암탉 세 마리가 앞으로 나와, 스노볼이 꿈에 나타나 나폴레옹의 지시에 복종하지 말라고 부추겼다고 진술했다. 그들도 학살당했다. 그다음에는 거위 한 마리가 나서서 작년 추수 때 이삭 여섯 개를 몰래 숨겨두었다가 밤에 먹었다고 자백했다. 그다음에는 양 한 마리가 샘에 오줌을 쌌다고 자백하면서, 스노볼이 자신을 부추겼다고 주장했다. 다른 양 두 마리는 특히 나폴레옹에게 헌신적이던 늙은 숫양이 기침병으로 고생하고 있을 때 모닥불 주위를 빙빙 돌며 그와 추격전을 벌여 결국 그를 죽게 만들었다고 자백했다. 그들 모두 그 자리에서 죽임을 당했다. 이렇게 자백과 처형이 계속되자 나폴레옹의 발 앞에는 시체 더미가 생겨났고, 공기 중에는 피비린내가 진하게 스며들었다. 존스가 추방된 뒤로 처음 맡아보는 냄새였다.

이 일이 끝난 뒤 남은 동물들은 돼지들과 개들만 제외하고 모두 한 몸이 되어 살금살금 물러갔다. 충격을 받아서 비참한 심정이었다. 스노볼과 손을 잡은 동물들의 배신행위와 자신들이 방금 목격한 잔인한 징벌 중 어느 쪽이 더 충격적인지 알 수 없었다. 옛날에도 이것 못지않게 무시무시한 유혈 사태가 자주 있었지만, 지금이 훨씬 더 나쁜 것 같았다. 동물들 사이에서 벌어진 일이니까. 존스가 농장을 떠난 뒤 오늘까지 어떤 동물도 다른 동물을 죽인 적이 없었다. 심지어 쥐도 죽임을 당하지 않았다. 동물들은 반쯤 완성된 풍차가 서 있는 작은 언덕으로 향했다. 그리고 모두 한뜻이 되어 서로에게서 온기를 구하듯이 옹기종기 드러누웠다. 클로버, 뮤리얼, 벤저민, 암소들, 양들, 거위들과 암탉들, 모두 있었다. 고양이만 빼고. 고양이는 나폴레옹이 동물들에게 모이라는 지시를 내리기 직전에 갑자기 사라져버렸다. 한동안 아무도 입을 열지 않았다. 서 있는 동물은 복서뿐이었다. 그는 불안한 듯 서성거리며 길고 검은 꼬리를 휘둘러 제 옆구리를 찰싹찰싹 쳤다. 가끔 놀란 듯이 작게 히힝거리기도 했다. 그러다 마침내 그가 말했다.

"난 이해를 못 하겠어. 우리 농장에서 그런 일이 벌어질 줄이야. 틀림없이 우리가 뭘 잘못했을 거야. 내가 보기에 해결책은 더 열심히 일하는 거야. 지금부터 나는 아침마다 한 시간 일찍 일어날 거야."

복서는 묵직한 걸음으로 채석장을 향해 뛰어갔다. 채석장에 도착한 뒤에는 돌을 모아 풍차까지 두 번 연달아 운반한 뒤 자러 갔다.

동물들은 아무 말 없이 클로버 주위에 옹기종기 모여 있었다. 그들이 누워 있는 언덕에서는 시골 풍경이 멀리까지 잘 보였다. 동물 농장의 풍경도 대부분 시야에 들어왔다. 대로까지 길게 뻗어 있는 풀밭, 건초밭, 잡목숲, 샘, 어린 밀 이삭이 초록색으로 두툼하게 자라고 있는 밭, 그리고 굴뚝에서 연기가 구불구불 피어오르는 농장 건물들의 빨간 지붕. 날씨가 맑은 봄날 저녁이었다. 수평으로 드러누운 햇빛에 풀밭과 산울타리가 황금빛으로 물들었다. 이 농장이 동물들의 눈에 이토록 탐나는 곳으로 보인 적은 처음이었다. 동물들은 이 농장이 구석구석까지 모두 자기들의 것임을 기억해내고는 조금 신기한 기분이 들었다. 언덕의 내리막길을 내려다보는 클로버의 눈에 눈물이 차올랐다. 만약 그녀가 자신의 생각을 말로 표현할 수 있었다면, 오래전 인간들을 쫓아내려고 나섰을 때 그들의 목표는 이런 것이 아니었다고 말했을 것이다. 이런 공포와 살육은 메이저 영감이 처음으로 그들의 마음을 움직인 그날 밤에 그들이 고대하던 것이 아니었다. 만약 그때 그녀에게 미래의 꿈같은 것이 있었다면, 그것은 바로 굶주림과 채찍에서 자유로워진 동물들이 각자 자신의 능력에 맞게 일하고, 메이저 영감이 연설하던 날 밤 우왕좌왕하던 새끼 오리들을 그녀가 앞발로 지켜준 것처럼 강자가 약자를 보호하면서 모두 동등하게 살아가는 사회였을 것이다. 그런데 그들이 도착한 곳은 아무도 감히 자신의 생각을 말하지 못하는 시대, 사납게 으르렁거리는 개들이 사방에서 어슬렁거리는 시대, 동무들이 충격적인 범죄를 자백한 뒤 갈기갈기 찢기는 모습을 지켜보아야 하는 시대였다. 어쩌다 이렇게 된 건지 알 수 없었다. 클로버의 마음속에 봉기니 불복종이니 하는 생각은 없었다. 비록 이런 상황이라 해도 자신들이 존스의 시대보다 훨씬 더 유복하게 살고 있으며, 무엇보다도 인간들의 귀환을 막을 필요가 있음을 그녀도 알고 있었다.

무슨 일이 있어도 그녀는 충성을 지키며 열심히 일하고, 자신에게 내려오는 지시를 수행하고, 나폴레옹을 지도자로 받아들일 것이다. 그래도 그녀와 다른 동물들이 희망을 품고 땀을 흘리며 원한 것은 이런 세상이 아니었다. 그들이 풍차를 건설하고 존스의 총탄에 맞선 것도 이런 세상을 위해서가 아니었다. 이런 생각들이 머릿속에 맴돌았지만, 그녀는 이것을 말로 표현할 능력이 없었다.

결국 그녀는 자신이 찾아낼 수 없는 말을 대신할 수 있을 것 같다는 생각에 〈잉글랜드의 동물들〉을 부르기 시작했다. 주위에 앉아 있던 다른 동물들도 동참해서 그 노래를 세 번이나 불렀다. 음정은 정확했지만 슬픈 기분으로 느릿느릿 불렀다. 이 노래를 이런 식으로 부른 적은 처음이었다.

세 번째로 노래를 끝냈을 때 스퀼러가 개 두 마리를 거느리고서 뭔가 중요한 할 말이 있다는 분위기를 풍기며 다가왔다. 그리고 나폴레옹 동무의 특별 포고에 따라 〈잉글랜드의 동물들〉이 폐기되었다고 발표했다. 이제부터 이 노래를 부르는 것은 금지 사항이었다.

동물들은 당황했다.

"왜?" 뮤리얼이 소리쳤다.

"이제는 필요하지 않으니까요, 동무." 스퀼러가 딱딱하게 말했다. "〈잉글랜드의 동물들〉은 봉기의 노래였습니다. 하지만 이제 봉기는 완성되었죠. 오늘 오후 반역자들의 처형이 최종 조치였습니다. 내부와 외부의 적이 모두 퇴치되었습니다. 〈잉글랜드의 동물들〉을 통해 우리는 미래에 더 나은 사회가 올 것이라는 갈망을 표현했습니다. 그런데 그 사회가 이제 만들어졌어요. 이 노래는 이제 확실히 목적을 잃어버렸습니다."

　비록 겁에 질렸더라도 몇몇 동물들이 항의에 나섰을지도 모른다. 하지만 바로 그 순간 양들이 여느 때처럼 매애거리며 "네 다리는 좋고 두 다리는 나쁘다"라고 외쳐대기 시작했다. 이 소리가 몇 분 동안 계속되는 바람에 토론은 그대로 끝나버렸다.

　이렇게 해서 〈잉글랜드의 동물들〉을 더 이상 들을 수 없게 되었다. 대신 시인인 미니머스가 새로운 노래를 만들었다. 그 노래의 첫 가사는 다음과 같았다.

　　동물농장, 동물농장,
　　나로 인해 그대는 안전하리라!

　일요일 아침마다 깃발을 게양한 뒤 동물들은 이 노래를 불렀다. 하지만 왠지 가사도 곡조도 〈잉글랜드의 동물들〉에 미치지 못하는 것 같았다.

8

며칠 뒤, 처형으로 인한 공포가 가라앉았을 때 일부 동물들은 "어떤 동물도 다른 동물을 죽이면 안 된다"라는 여섯 번째 계명을 기억해냈다. 아니, 그런 계명이 있는 것 같았다. 비록 돼지나 개가 들을 수 있는 곳에서는 아무도 굳이 언급하지 않았지만, 일전의 살육이 이 계명에 어긋난다는 생각이 들었다. 클로버는 벤저민에게 여섯 번째 계명을 읽어달라고 부탁했다. 벤저민이 여느 때처럼 그런 문제에 끼어들고 싶지 않다고 거절하자, 그녀는 뮤리얼을 데려왔다. 뮤리얼이 클로버를 위해 계명을 읽어주었다. "어떤 동물도 **이유 없이** 다른 동물을 죽이면 안 된다." 이유는 잘 모르겠지만, 중간의 네 글자가 동물들의 기억에서 슬그머니 빠져나간 것 같았다. 이제는 그 일이 계명에 어긋나지 않는다는 것을 알 수 있었다. 스노볼과 한패가 된 반역자들을 죽인 데에는 분명히 훌륭한 이유가 있었으니까.

그해 내내 동물들은 지난해보다 훨씬 더 열심히 일했다. 지난번보다 벽이 두 배나 두꺼운 풍차를 지어야 했기 때문이다. 평소처럼 농장 노동을 하면서 동시에 정해진 날짜까지 풍차를 완성하는 데에는 엄청난 노동력이 들어갔다. 어떤 때는 존스 시절보다 더 오래 일하는데 먹는 건 그때와 별반 달라진 게 없는 것 같다는 생각이 들 정도였다. 일요일 아침이면 스퀼러가 앞발로 긴 종이를 들고, 모든 종류의 식량 생산량이 경우에 따라 200퍼센트, 300퍼센트, 500퍼센트 증가했음을 증명하는 숫자들을 줄줄이 읽어주었다. 동물들이 보기에는 그의 말을 믿지 않을 이유가 없었다. 봉기 이전의 상태가 이제는 분명히 기억나지 않으니 더욱 그러했다. 그래도 숫자보다는 먹을 것이 더 많아지는 날이 빨리 오면 좋겠다는 생각이 들 때가 있었다.

이제는 스퀼러나 다른 돼지를 통해 모든 명령이 내려왔다. 나폴레옹은 보름에 한 번 정도 남들 앞에 모습을 드러낼까 말까였다. 그가 모습을 드러낼 때는 개들이 그를 수행하고, 검은색 어린 수탉이 앞에서 행진하며 나폴레옹이 말하기 전에 "꼬끼오" 하고 큰 소리로 우는 역할을 맡았다. 나폴레옹은 집 안에서도 다른 동물들과는 별도의 거처에 산다고 했다. 식사도 개 두 마리의 시중을 받으며 혼자했고, 거실의 유리 장식장에 있던 고급 도자기인 크라운 더비 식기 세트를 항상 사용했다. 또한 다른 두 기념일과 마찬가지로 매년 나폴레옹의 생일에도 총이 발사될 것이라는 발표가 있었다.

나폴레옹은 이제 결코 '나폴레옹'이라고만 불리지 않았다. 항상 '우리의 지도자 나폴레옹 동무'라는 공식적인 호칭으로 불렸다. 돼지들은 모든 동물의 아버지니, 인류의 공포니, 양 우리의 수호자니, 새끼 오리들의 친구 같은 호칭들을 그를 위해 즐겨 고안해냈다. 스퀼러는 연설할 때 나폴레옹의 지혜, 그 선한 마음, 사방의 모든 동물을 향한 깊은 사랑을 말하면서 눈물을 주르륵 흘리곤 했다. 그는 나폴레옹이 다른 농장에서 아직도 노예 생활을 하며 무지 속에 살고 있는 불행한 동물들조차, 아니 그 동물들을 특히 더 깊이 사랑한다고 말했다. 무엇이든 성공한 일이나 행운을 나폴레옹의 공으로 돌리는 것이 이제는 일상이었다. 한 암탉이 다른 암탉에게 "우리의 지도자 나폴레옹 동무의 가르침으로 내가 엿새 만에 알 다섯 개를 낳았어"라고 말하는 소리를 흔히 들을 수 있었다. 암소 두 마리가 샘에서 즐겁게 물을 마시다가 "나폴레옹 동무의 지도력 덕분에 물맛이 이렇게 좋은 것 좀 봐!" 하고 탄성을 지르기도 했다. 농장의 전체적인 분위기는 〈나폴레옹 동무〉라는 제목의 시에 잘 표현되어 있었다. 미니머스가 지은 이 시는 다음과 같았다.

아비 잃은 자들의 친구!
행복의 샘!
돼지 먹이통의 군주! 오, 당신의 차분하고
위풍당당한 눈을 응시할 때
내 영혼이 얼마나 뜨거워지는지,
하늘의 태양처럼,
나폴레옹 동무!

당신은 당신의 피조물들이

사랑하는 모든 것을 주는 분,

하루에 두 번씩 배불리 먹을 것, 뒹굴 수 있는 깨끗한 짚

크든 작든 모든 동물이

각자의 잠자리에서 편안히 잠든다,

그대는 모두를 살피십니다,

나폴레옹 동무!

내가 젖먹이 돼지를 낳는다면,

녀석이 자라기 전에,

1파인트 병이나 밀방망이만큼 커지기 전에,

당신에게 진실하게 충성하는 법을

배워야 할 겁니다,

녀석이 처음 꽥 하고 내지르는 소리는 반드시

"나폴레옹 동무!"

나폴레옹은 이 시를 승인한 뒤, 커다란 헛간의 한쪽 벽, 일곱 계명이 있는 곳의 반대쪽 끝에 적어두게 했다. 그리고 그 위에 스퀼러가 하얀 물감으로 나폴레옹의 옆모습을 그렸다.

한편 휨퍼를 통해서 나폴레옹은 프레더릭, 필킹턴과 복잡한 협상을 벌이고 있었다. 농장에 쌓여 있던 목재는 아직 팔리지 않았다. 두 이웃 농장주 중 프레더릭이 목재를 손에 넣는 데 더 열성적이었지만 적당한 값을 제시하려 하지 않았다. 이와 동시에 프레더릭이 일

당과 함께 동물농장을 공격해서 풍차를 파괴할 음모를 꾸미고 있다는 소문이 새로이 돌았다. 풍차가 지어지는 것을 보고 그가 분노와 질투를 느꼈다는 내용이었다. 스노볼은 여전히 핀치필드 농장에 숨어 있다고 알려져 있었다. 한여름에 동물들은 암탉 세 마리가 스스로 나서서, 스노볼의 영향으로 나폴레옹을 죽이려는 음모에 가담했다고 자백했다는 말을 듣고 깜짝 놀랐다. 그들은 즉시 처형되고, 나폴레옹의 안전을 위한 조치들이 새로이 시행되었다. 밤이면 개 네 마리가 그의 침대 네 귀퉁이를 지켰다. 핑크아이라는 젊은 돼지는 나폴레옹이 독살당하지 않게 그가 음식을 먹기 전에 먼저 맛을 보는 임무를 맡았다.

대략 이 시기에 나폴레옹이 목재를 필킹턴 씨에게 팔기로 했다는 소식이 알려졌다. 그는 동물농장과 폭스우드가 특정한 작물을 교환하는 정식 약정도 맺을 예정이었다. 나폴레옹과 필킹턴은 휨퍼를 통해서만 거래를 하는데도, 거의 우호적이라고 해도 될 만큼 사이가 좋아졌다. 동물들은 필킹턴이 인간이기 때문에 불신했으나, 프레더릭보다는 훨씬 더 낫다고 보았다. 동물들에게 프레더릭은 두려움과 증오의 대상이었다. 여름이 깊어지고 풍차가 완공에 가까워지면서, 방심할 수 없는 자들의 공격이 임박했다는 소문이 점점 더 힘을 얻었다. 프레더릭이 총으로 무장한 남자들 스무 명을 데려와 공격할 작정이며, 이미 치안판사와 경찰도 매수해놓았기 때문에 그가 동물농장의 권리 증서를 손에 넣더라도 누구도 의문을 제기하지 않을 것이라는 내용이었다. 게다가 프레더릭이 자기 농장의 동물들에게 만행을 저지른다는 끔찍한 이야기들이 핀치필드에서 새어

나왔다. 프레더릭이 늙은 말 한 마리를 때려 죽였다, 암소들을 굶겼다, 개 한 마리를 아궁이 속으로 던져 죽였다, 저녁에는 수탉들의 발톱에 면도날 조각을 묶은 뒤 닭싸움을 구경하는 것이 그의 오락이다…… 동물들은 동료들이 이런 짓을 당한다는 말을 듣고 피가 끓어올랐다. 때로는 하나로 뭉쳐 밖으로 뛰어나가 핀치필드 농장을 공격해서 인간을 몰아내고 동물들을 해방시킬 수 있게 해달라고 외쳐대기도 했다. 그러나 스퀼러는 성급하게 굴지 말고 나폴레옹 동무의 전략을 믿어보라고 조언했다.

그래도 프레더릭에 대한 반감은 계속 아주 높았다. 어느 일요일 아침에 나폴레옹이 헛간에 나타나, 자신은 프레더릭에게 목재를 팔 생각을 단 한 번도 해본 적이 없다고 설명했다. 그런 불한당과 거래하는 것은 자신의 품위를 깎아내리는 짓이라고 생각했다는 것이 그의 주장이었다. 지금도 명령을 받고 밖으로 날아가 봉기의 소식을 퍼뜨리는 비둘기들은 폭스우드에 발을 들이는 것이 금지되었으며, 예전에 사용하던 표어인 '인류를 죽이자' 대신 '프레더릭을 죽이자'를 새 표어로 사용하라는 지시를 받았다. 늦여름에 스노볼의 또 다른 음모가 만천하에 드러났다. 밀에 잡초가 가득 섞여 있었는데, 스노볼이 밤에 몰래 들어왔을 때 잡초 씨앗과 곡식 씨앗을 뒤섞어놓았다는 사실이 밝혀졌다. 이 음모에 몰래 동참했던 수컷 거위 한 마리가 스퀼러에게 죄를 자백한 뒤, 즉시 벨라도나 열매를 삼켜 자살해버렸다. 동물들은 또한 지금껏 많은 동물들이 믿던 것과는 달리, 스노볼이 '1급 동물영웅' 훈장을 받은 적이 없다는 사실도 알게 되었다. 이 훈장 이야기는 외양간 전투가 끝나고 얼마 후에 스노볼이 직접 퍼뜨린 전설에 불과했다. 그는 훈장을 받기는커녕, 전투에서 비겁하게 군 죄로 오히려 견책을 당한 처지였다. 이번에도 몇몇 동물들은 이 말을 들으며 조금 당혹스러운 표정을 지었으나, 스퀼러가 그들의 기억이 잘못된 것이라고 금방 그들을 설득할 수 있었다.

가을에 풍차가 완성되었다. 이 공사와 거의 동시에 추수도 해야 했기 때문에 동물들은 엄청난 노동을 하느라 기진맥진했다. 풍차에 아직 기계장치는 설치되지 않았다. 휨퍼가 기계를 구입하려고 협상을 벌이는 중이었다. 어쨌든 건물은 완성되었다. 온갖 어려움 속에서, 경험도 없고 도구는 원시적이고 불운과 스노볼의 반역 행위까지 있었는데도 정확히 예정된 날짜에 공사가 마무리되었다! 동물들은 기진맥진한 상태에서도 자부심을 느끼며 자기들의 걸작 주위를 돌고 또 돌았다. 처음에 지은 건물보다 이것이 그들이 보기에는 훨씬 더 아름다웠다. 게다가 벽의 두께도 예전에 비해 두 배나 되었다. 이제는 폭탄을 가져오지 않는 한 이 벽을 무너뜨릴 수 없을 터였다! 그동안의 노고와 지금까지 극복해온 어려움들, 그리고 풍차 날개가 돌면서 발전기를 돌리기 시작하면 엄청나게 달라질 자신들의 삶을 생각하니, 이 모든 것을 생각하니 피곤한 것도 잊어버리고 풍차 주위를 깡충깡충 돌고 또 돌면서 승리의 환성을 지르게 되었다. 나폴레옹도 개들과 어린 수탉을 거느리고 내려와 완성된 건물을 살펴보았다. 그리고 동물들의 노고를 직접 치하한 뒤, 이곳을 나폴레옹 풍차로 명명하겠다고 발표했다.

이틀 뒤 동물들은 특별 회합을 위해 헛간으로 불려 나왔다. 이 자리에서 나폴레옹이 목재를 프레더릭에게 팔았다고 발표하자 동물들은 너무 놀라서 말문이 막혔다. 나폴레옹은 다음 날 프레더릭이 수레를 보내 목재를 실어갈 것이라고 말했다. 그동안 내내 필킹턴과 친하게 지내는 것처럼 보였던 나폴레옹이 사실은 프레더릭과 비밀리에 협정을 맺었다는 얘기였다.

폭스우드와의 모든 관계가 끊기고, 필킹턴에게 모욕적인 메시지들이 전달되었다. 비둘기들은 핀치필드 농장을 피해 다니라는 지시와, '프레더릭을 죽이자'라는 표어를 '필킹턴을 죽이자'로 바꾸라는 지시를 받았다. 이와 동시에 나폴레옹은 동물농장에 공격이 임박했다는 소문은 전혀 사실이 아니며, 프레더릭이 자기 농장의 동물들에게 만행을 저지른다는 소문 또한 크게 과장된 것이라고 분명히 말했다. 그동안 떠돌아다닌 모든 소문들은 스노볼 일당이 퍼뜨렸을 가능성이 높다는 말도 했다. 이제 보니 스노볼은 핀치필드 농장에 숨어 있는 게 아닌 것 같았다. 사실 아예 그 농장에 발을 들인 적이 없는 듯했다. 스노볼은 지난 몇 년 동안 필킹턴의 돈으로 폭스우드 농장에 살았던 것 같았다(들리는 말에 의하면 상당히 사치스러운 생활을 한다고 했다).

돼지들은 나폴레옹의 영명함에 기뻐 날뛰었다. 그가 필킹턴과 친한 것처럼 굴었기 때문에 프레더릭은 목재 값을 12파운드나 올릴 수밖에 없었다. 하지만 스퀼러는 무엇보다도 나폴레옹이 아무도 믿지 않는다는 사실, 심지어 프레더릭조차 믿지 않는다는 사실이 그의 두뇌의 우월성을 보여준다고 말했다. 프레더릭은 수표라고 불리는 것으로 목재 값을 치르려 했다. 일정 액수의 돈을 지불하겠다는 약속을 적은 종이쪽지를 수표라고 부르는 듯했다. 하지만 그런 술

수에 넘어갈 리가 없는 나폴레옹은 진짜 5파운드 지폐로 값을 치르라고 요구했다. 목재를 가져가기 전에 먼저 돈을 지불하라고. 프레더릭은 그 돈을 이미 모두 지불했다. 그가 내놓은 돈이면 풍차에 설치할 기계를 충분히 살 수 있었다.

한편 목재는 아주 빠른 속도로 운반되고 있었다. 목재가 모두 실려 나간 뒤 헛간에서 또 특별 회합이 열렸다. 프레더릭이 내놓은 지폐를 동물들이 구경하는 자리였다. 나폴레옹은 훈장 두 개를 모두 몸에 걸고 기쁨이 넘치는 미소를 지으면서 연단 위의 지푸라기 침대에 편안히 자리를 잡았다. 그의 옆에는 집 안의 부엌에서 가져온 도자기 접시에 돈이 깔끔하게 쌓여 있었다. 동물들은 한 줄로 늘어서서 그 앞을 천천히 지나가면서 각자 실컷 돈을 바라보았다. 복서가 지폐에 코를 대고 킁킁거리자 그 얄팍한 하얀색 지폐들이 그의 숨결에 바스락바스락 들썩거렸다.

사흘 뒤 엄청난 소란이 일었다. 휨퍼가 죽은 사람처럼 창백한 얼굴로 자전거를 타고 달려와 마당에 자전거를 팽개치고는 곧장 집 안으로 들어갔다. 곧이어 나폴레옹의 거처에서 분노 때문에 목이 막힌 것 같은 고함 소리가 터져 나왔다. 자세한 소식이 들불처럼 농장 안에 급속도로 퍼졌다. 모두 위조지폐였다! 프레더릭이 공짜로 목재를 가져갔다!

나폴레옹은 즉시 동물들을 불러 모으고는, 무시무시한 목소리로 프레더릭에게 사형을 선고했다. 그는 프레더릭을 붙잡으면 반드시 산 채로 삶아 죽여야 한다고 말했다. 이와 동시에 그는 이런 배신을 당했으니 최악의 상황을 각오해야 한다고 동물들에게 경고했다. 프레더릭 일당이 오래전부터 예상되던 공격을 언제 시작할지 모른다는 것이었다. 농장으로 접근할 수 있는 모든 지점에 파수꾼이 배치되었다. 또한 화해의 메시지와 함께 비둘기 네 마리를 폭스우드로 파견했다. 필킹턴과 우호적인 관계를 다시 맺고 싶다는 희망이 거기 담겨 있었다.

바로 다음 날 아침 공격이 시작되었다. 동물들이 아침 식사를 하고 있을 때 파수꾼들이 뛰어들어와, 프레더릭이 추종자들을 거느리고 벌써 가로대가 다섯 개인 울타리 출입문을 통과했다는 소식을 전했다. 동물들은 그들과 맞서 싸우기 위해 용감하게 출격했으나, 이번에는 과거 외양간 전투 때처럼 손쉬운 승리를 거두지 못했다. 열다섯 명의 인간이 모두 합해 여섯 자루의 총을 가져와서 적이 50야드 안에 들어오자마자 발사하기 시작했다. 동물들은 그 무시무시한 폭발과 아픈 총탄에 맞설 수 없었다. 나폴레옹과 복서가 전열을 정비하려고 노력을 기울였으나, 동물들은 금방 뒤로 밀렸다. 이미 부상당한 동물도 많았다. 그들은 농장 건물들 안으로 피신해서, 판자 틈새와 옹이구멍으로 조심스레 밖을 내다보았다. 풍차가 서 있는 넓은 풀밭 전체가 적의 것이 되었다. 순간적으로 나폴레옹조차 어찌할 바를 모르는 것 같았다. 그는 한마디 말도 없이 서성거렸다. 꼬리가 빳빳하게 서서 움찔거리고 있었다. 동물들은 아쉬운 시선으로 폭스우드 쪽을 흘깃거렸다. 필킹턴이 일꾼들을 데려와서 도와준다면 아직 승기를 잡을 가능성이 있었다. 바로 그때, 하루 전에 파견된 비둘기 네 마리가 돌아왔다. 그중 한 마리가 필킹턴이 보낸 종이쪽지를 갖고 있었다. 그 위에 연필로 적혀 있는 말은 이러했다. "꼴

좋다."

한편 프레더릭 일당은 풍차 근처에 멈춰 있는 상태였다. 동물들은 그들을 지켜보다가 당황해서 웅성거렸다. 인간 두 명이 쇠지레와 대형 쇠망치를 꺼낸 탓이었다. 풍차를 때려 부수려는 모양이었다.

"그건 불가능해!" 나폴레옹이 소리쳤다. "우리가 저 벽을 얼마나 두껍게 지었는데, 일주일을 두드려도 안 쓰러질걸. 용기를 내시오, 동무들!"

그러나 벤저민은 인간들의 움직임을 열심히 지켜보았다. 망치와 쇠지레를 든 두 명이 풍차의 토대 근처에 구멍을 뚫고 있었다. 벤저민은 거의 즐거워 보이는 표정으로 긴 주둥이를 천천히 끄덕거렸다.

"내 그럴 줄 알았지." 그가 말했다. "저들이 뭘 하려는 건지 모르겠나? 곧 저 구멍에 폭발 가루를 꾹꾹 채워 넣을 거야."

동물들은 경악했다. 지금 이 안전한 건물에서 밖으로 나갈 수는 없었다. 몇 분 뒤 인간들이 사방으로 뛰어가는 것이 보였다. 그러고는 귀가 멀 것 같은 폭음. 비둘기들은 빙글빙글 소용돌이 모양을 그리며 날아올랐고, 나폴레옹을 제외한 모든 동물들은 바닥에 납작 엎드려 얼굴을 숨겼다. 그들이 다시 일어나 보니, 풍차가 있던 자리에 검은색 연기구름이 거대하게 떠 있었다. 산들바람에 연기가 천천히 흩어졌다. 풍차는 더 이상 존재하지 않았다!

이 광경을 본 동물들에게 용기가 되살아났다. 조금 전 그들이 느꼈던 두려움과 절망은 이 사악한 만행 앞에서 분노에 눌려 사라져버렸다. 복수를 외치는 엄청난 함성이 울리고, 동물들은 명령도 기다리지 않은 채 한 몸이 되어 쏟아져 나가서 곧장 적을 향해 돌격했다. 이번에는 우박처럼 온몸을 두드리는 잔악한 총탄에도 신경 쓰지 않았다. 잔혹하고 혹독한 전투였다. 인간들은 계속 총을 쏘아댔다. 그러다 동물들과의 거리가 아주 가까워지자 갖고 있던 막대기와 무거운 부츠를 신은 발을 내질렀다. 암소 한 마리, 양 세 마리, 거위 두 마리가 목숨을 잃었고, 거의 모두가 부상당했다. 뒤에서 지시를 내리던 나폴레옹조차 총에 맞아 꼬리 끝이 잘려나갔다. 하지만 인간들이라고 해서 무사한 것은 아니었다. 세 명이 복서의 발굽에 맞아 머리가 깨졌고, 한 명은 배를 쇠뿔에 받혔으며, 한 명은 제시와 블루벨 때문에 바지가 찢어져 거의 벗겨질 지경이었다. 나폴레옹의 경호대인 아홉 마리 개들이 그의 지시로 산울타리에 몸을 숨긴 채 우회해서 갑자기 인간들의 측면에 나타나 사납게 짖어대자 인간들은 겁에 질렸다. 자칫 포위당할 위험이 있음을 알아차렸기 때문이었다. 프레더릭은 부하들에게 아직 상황이 좋을 때 여기서 빠져나가라고 소리쳤다. 비겁한 적들은 곧 죽어라 도망치기 시작했다. 동물들은 들판 끝까지 그들을 추격해, 가시나무 울타리를 억지로 통과하려고 애쓰는 그들에게 마지막으로 발길질을 몇 번 선사해주었다.

그들은 승리했다. 하지만 피가 흐르는 몸에는 이제 기운이 남아있지 않았다. 그들은 절룩거리며 천천히 농장으로 돌아가기 시작했다. 풀밭에 쓰러져 죽은 동료들의 모습에 일부가 눈물을 흘렸다. 그들은 풍차가 서 있던 자리에서 슬픔에 잠겨 잠시 걸음을 멈췄다. 풍

차는 사라졌다. 그들이 기울인 노고의 마지막 흔적이 거의 사라져
버렸다! 건물의 기초조차 일부 부서져 있었다. 이것을 재건하려 해
도 이번에는 지난번과 달리 이곳의 돌을 재활용할 수 없었다. 이번
에는 돌도 모두 사라져버렸다. 거센 폭발에 돌덩이들이 수백 야드
거리까지 날아가버렸다. 마치 풍차가 처음부터 존재한 적이 없는
것 같았다.

농장이 가까워지자, 전투 중에 묘하게도 자리를 비웠던 스퀼러가
꼬리를 흔들어대며 폴짝폴짝 뛰어왔다. 뭐가 그리 만족스러운지 환
히 웃는 얼굴이었다. 그때 농장 건물들이 있는 방향에서 엄숙하게
총이 발사되는 소리가 들렸다.

"저건 무슨 총성이지?" 복서가 말했다.

"우리의 승리를 축하하는 거야!" 스퀼러가 소리쳤다.

"무슨 승리?" 복서가 말했다. 그의 무릎에서는 피가 흐르고, 편자
가 사라진 한쪽 발굽은 갈라져 있었다. 뒷다리에 박힌 총알도 10여
개나 되었다.

"무슨 승리냐니, 동무? 우리가 적을 우리 땅에서 몰아냈잖아. 신
성한 동물농장의 땅에서."

"놈들이 풍차를 파괴했어. 우리가 2년 동안 열심히 지은 건데!"

"그게 뭐? 풍차를 또 지으면 돼. 마음이 내키면 풍차를 여섯 개쯤
지을 수도 있지. 우리가 이룩한 위대한 일을 인정하지 않는 모양이
군, 동무. 우리가 지금 서 있는 바로 이 땅을 적이 점령했어. 그런데
지금은 나폴레옹 동무의 지도력 덕분에 우리가 이 땅을 한 치도 빠
짐없이 되찾았다고!"

"그럼 원래 우리 것이던 걸 되찾은 거잖아." 복서가 말했다.

"그러니 우리 승리지." 스퀼러가 말했다.

그들은 절룩거리며 마당에 들어섰다. 복서의 다리 피부 아래에 박힌 총알들이 몹시 욱신거렸다. 풍차를 기초부터 다시 짓는 중노동을 상상하는 것만으로도 그는 벌써 몸에 힘이 들어갔다. 하지만 이제는 자신의 나이도 열한 살이므로 힘센 근육이 어쩌면 예전 같지 않을지 모른다는 생각이 처음으로 들었다.

동물들은 초록색 깃발이 휘날리는 것을 보고, 다시 축포가 발사되는 소리를 듣고(모두 합해 일곱 번 발사되었다), 그들의 공을 치하하는 나폴레옹의 연설까지 듣고 나자 정말로 큰 승리를 거둔 것 같은 기분이 들었다. 전투에서 목숨을 잃은 동물들을 위해 엄숙한 장례식이 치러졌다. 복서와 클로버가 영구 마차 역할을 한 수레를 끌었고, 나폴레옹이 직접 행렬 맨 앞에 섰다. 꼬박 이틀 동안 전승 행사가 벌어졌다. 노래, 연설, 더 많은 축포가 이어졌고, 모든 동물에게 사과 한 알이 특별 선물로 내려왔다. 새들에게는 각각 곡식 낟알 2온스, 개들에게는 각각 비스킷 세 개가 사과 대신 주어졌다. 이 전투를 풍차 전투로 부를 것이며, 나폴레옹이 그린배너라는 새로운 훈장을 만들었다는 발표가 있었다. 그는 이 훈장을 자신에게 수여했다. 이렇게 모두 즐거워하는 분위기 속에서 동물들은 불행한 지폐 사건을 잊어버렸다.

며칠이 더 흐른 뒤, 돼지들은 집의 지하실에서 위스키 한 상자를 우연히 발견했다. 처음 이 집을 차지했을 때 미처 못 보고 지나친 모양이었다. 그날 밤 집 안에서는 크게 노래하는 소리가 들려왔다. 그런데 놀랍게도 그 곡조에 〈잉글랜드의 동물들〉의 선율이 섞여 있었다. 9시 30분쯤 나폴레옹이 존스 씨의 낡은 중절모를 쓰고 뒷문으로 나오는 모습이 또렷이 눈에 띄었다. 그는 마당을 한 바퀴 빠르게 달린 뒤 다시 집 안으로 사라졌다. 하지만 아침에는 집 전체가 깊은 침묵에 잠겨 있었다. 돼지들 중 누구도 움직이는 모습이 보이지 않았다. 9시가 가까워졌을 때 스퀼러가 나타나 기운 없는 표정으로 느릿느릿 걸었다. 눈빛은 멍하고, 꼬리는 힘없이 늘어진 모습이 어느 모로 보나 심각한 병에 걸린 것 같았다. 그는 동물들을 한자리에 불러 모으고는, 끔찍한 소식이 있다고 말했다. 나폴레옹 동무가 죽어가고 있습니다!

동물들은 탄식을 터뜨렸다. 집의 문 앞에 짚이 깔리고, 동물들은 까치발로 걸어다녔다. 그들은 지도자를 잃어버리면 어떻게 해야 하는 거냐고 서로에게 물으면서 눈물을 글썽거렸다. 스노볼이 결국 음모를 꾸며 나폴레옹의 음식에 독을 넣었다는 소문이 돌아다녔다. 11시에 스퀼러가 밖으로 나와 또 새로운 발표를 했다. 나폴레옹 동무가 지상에서 하는 마지막 행동으로 엄숙한 포고를 내놓았다는 소식이었다. '술을 마시는 자는 사형에 처할 것이다.'

그러나 저녁이 되자 나폴레옹의 상태가 조금 나아진 것 같았다. 다음 날 아침에는 그가 잘 회복하고 있다고 스퀼러가 동물들에게 말해줄 수 있을 정도가 되었다. 그날 저녁 무렵 나폴레옹은 업무에 복귀했고, 다음 날에는 그가 휨퍼에게 윌링던에서 양조와 증류에 대한 책자를 좀 사 오라고 지시했다는 사실이 알려졌다. 일주일 뒤 나폴레옹은 과수원 너머의 작은 방목장, 그러니까 원래 일할 나이가 지나 은퇴한 동물들이 풀을 뜯으며 살아가는 곳으로 남겨둘 생각이던 그곳에 쟁기질을 하라고 지시했다. 그곳의 풀이 다 시들어서 새로 씨를 뿌려야 한다는 것이 그 이유였다. 그러나 나폴레옹이 그곳에 보리를 심을 작정이라는 사실이 곧 알려졌다.

이 무렵 누구도 이해하기 어려운 이상한 사건이 일어났다. 어느 날 밤 12시쯤에 마당에서 크게 우지끈하는 소리가 나는 바람에 동물들이 밖으로 뛰어나왔다. 달빛이 비치는 밤이었다. 일곱 계명을 적어둔 헛간 벽 아래에 사다리 하나가 둘로 쪼개진 채 나뒹굴고 있었다. 일시적으로 정신을 잃은 스퀼러가 그 옆에 널브러져 있었고, 바로 가까이에 등불 하나, 붓 하나, 뒤집힌 흰색 페인트통 하나가 있었다. 개들이 즉시 스퀼러를 둥글게 에워싸더니, 그가 걸을 수 있게 되자마자 집까지 그를 호위했다. 다른 동물들은 이것이 다 무슨 일인지 도무지 알 수 없었다. 다만 벤저민만이 뭔지 알겠다는 듯 주둥이를 끄덕거렸다. 하지만 그는 아무 말도 하지 않았다.

며칠 뒤 뮤리얼이 혼자 일곱 계명을 읽다가 동물들이 그동안 잘못 외우고 있던 계명이 또 하나 있음을 알아차렸다. 그들이 기억하기로 다섯 번째 계명은 "어떤 동물도 술을 마시면 안 된다"였다. 그러나 그들이 잊어버린 단어가 있었다. 올바른 계명은 "어떤 동물도 **지나치게** 술을 마시면 안 된다"였다.

9

복서의 갈라진 발굽이 잘 낫지 않았다. 전승 축하가 끝난 다음 날부터 그들은 풍차 재건을 시작했다. 복서는 단 하루도 일을 쉬지 않고, 발굽이 아프다는 사실을 드러내지 않는 것을 명예의 문제로 생각했다. 그러다 저녁이 되면 발굽 때문에 어려움이 아주 많다고 클로버에게만 몰래 인정했다. 클로버는 약초를 씹어 발굽의 상처에 찜질약처럼 붙여주었다. 그녀와 벤저민 모두 복서에게 일을 좀 쉬엄쉬엄하라고 말했다. "말의 허파가 영원히 버틸 수 있는 줄 알아?" 그녀는 복서에게 이렇게 말했다. 하지만 복서는 들으려 하지 않았다. 자기에게 남은 진짜 꿈이 딱 하나밖에 없는데, 은퇴하기 전에 풍차가 잘 돌아가는 모습을 보는 것이 바로 그 꿈이라고 했다.

처음에 동물농장의 법률들이 제정될 때, 말과 돼지의 은퇴 연령은 12세, 암소는 14세, 개는 9세, 양은 7세, 안탉과 거위는 5세로 정해졌다. 노령연금도 넉넉히 지급하기로 합의가 이루어졌다. 실제로 은퇴해서 연금을 받는 동물은 아직 하나도 없었지만, 최근 들어 동물들은 이 주제를 점점 더 많이 입에 올리고 있었다. 그런데 과수원 너머의 작은 풀밭이 보리밭으로 바뀌었으니, 커다란 풀밭의 한 귀퉁이에 울타리를 쳐서 퇴직한 동물들의 방목장으로 만들 것이라는 소문이 돌아다녔다. 그 소문에 따르면, 말은 하루에 5파운드의 곡식을 연금으로 받을 것이고, 겨울에는 건초 15파운드를 받을 것이라고 했다. 공휴일에는 당근 하나, 아니 어쩌면 사과 한 알을 받을 수 있을 것 같았다. 복서의 열두 살 생일은 다음 해 늦여름이었다.

　어쨌든 동물들은 힘든 생활을 했다. 겨울 날씨가 지난해 겨울만큼 추웠고, 먹을 것은 훨씬 더 부족했다. 배급량이 또 줄어들었으나, 돼지와 개의 배급량은 예외였다. 스퀼러는 배급량에 평등의 원칙을 너무 엄격히 적용하는 것은 동물존중주의의 원칙과 어긋난다고 설명했다. 어떤 경우에도 그는 겉으로 보이는 모습과 상관없이 사실은 먹을 것이 부족하지 **않다고** 다른 동물들에게 어렵지 않게 증명할 수 있었다. 그의 설명에 따르면, 한동안 배급량을 재조정할 필요가 있는 것은 사실이었다(스퀼러는 언제나 '줄인다'는 말 대신 '재조정'이라는 말을 썼다). 그러나 존스 시대와 비교하면 엄청난 변화가 있었다. 그는 찢어지는 목소리로 빠르게 숫자를 읽어가며 과거 존스 시절보다 귀리, 건초, 순무가 더 많아졌음을 상세히 증명했다. 노동시간도 줄어들었고, 마시는 물의 품질도 좋아졌으며, 동물들의 수명도 길어졌고, 유아기를 무사히 지내고 살아남는 새끼들의 비율도 늘어났으며, 잠자리에는 더 많은 짚이 깔리고, 벼룩도 덜 들끓는다는 사실

역시 증명했다. 동물들은 그의 말을 모두 믿었다. 솔직히 존스라는 이름으로 대표되는 모든 것이 그들에게는 이미 희미한 옛 기억이었다. 요즘 생활이 혹독하고 궁핍하다는 것, 굶주림과 추위에 시달릴 때가 많다는 것, 자는 시간만 빼고 일할 때가 많다는 것을 그들은 알고 있었다. 하지만 과거에는 이보다 더 나빴음이 분명했다. 그들은 이렇게 믿으며 즐거워했다. 게다가 과거에 그들은 노예였지만 지금은 자유로웠다. 그 사실 하나만으로도 모든 것이 달라진다고 스퀼러는 빠짐없이 지적했다.

이제는 먹여 살릴 식구가 훨씬 더 늘어났다. 가을에 암퇘지 네 마리가 비슷한 시기에 해산을 해서 도합 서른한 마리의 새끼 돼지를 낳았다. 얼룩무늬가 있는 돼지들이었다. 농장에 수퇘지는 나폴레옹뿐이었으므로, 녀석들의 아비가 누군지 추측할 수 있었다. 나중에 벽돌과 목재를 이미 구입한 뒤, 존스가 살던 집의 정원에 학교를 지을 것이라는 발표가 있었다. 그때까지 새끼 돼지들은 집의 부엌에서 나폴레옹에게 직접 가르침을 받았다. 운동은 정원에서 했고, 다른 동물들의 새끼들과 어울려 노는 것은 권장되지 않았다. 또한 이무렵에 돼지와 다른 동물이 길에서 마주치면 다른 동물이 반드시 길을 비켜주어야 한다는 규칙이 만들어졌다. 모든 돼지는 지위를 막론하고 일요일마다 꼬리에 초록색 리본을 매다는 특권을 누릴 것이라는 규칙도 만들어졌다.

그해의 농사는 상당히 성공적이었으나, 농장에는 여전히 돈이 부족했다. 학교를 지으려면 벽돌, 모래, 석회를 사야 했다. 풍차에 설치할 기계를 살 돈도 이제부터 저축해야 했다. 집에서 쓸 램프의 기름과 양초, 나폴레옹의 식탁에 올라갈 설탕(그는 뚱뚱해질 우려가 있다면서 다른 돼지들에게는 설탕을 금지했다), 그리고 온갖 도구, 못, 끈, 석탄, 철사, 고철, 개 비스킷도 필요했다. 건초 한 무더기와 수확한 감자 일부가 팔려 나갔고, 달걀 공급 계약에 따른 공급량은 매주 600개로 늘어났다. 그래서 그해에 암탉들은 개체수를 유지할 수 있을 만큼 병아리를 부화시키는 데에도 애를 먹었다. 12월에 줄어든 배급량은 2월에 또 줄어들었다. 동물들의 숙소에는 기름을 절약하기 위해 등불이 금지되었다. 하지만 돼지들은 제법 편안한 생활을 하는 것 같았다. 사실 그들은 오히려 살이 찌고 있었다. 2월 말의 어느 날 오후에 동물들이 한 번도 맡아본 적이 없는 풍부하고 맛있는 냄새가 자그마한 양조장 쪽에서부터 마당을 가로질러 흘러왔다. 존스의 시대에 문이 닫혀 있던 그 양조장은 부엌 너머에 있었다. 누군가가 보리를 불에 익히는 냄새라고 말했다. 동물들은 주린 배를 안고 허공을 향해 코를 킁킁거리며, 혹시 자기들의 따뜻한 저녁 식사를 만들고 있는 건지 궁금해졌다. 그러나 따뜻한 저녁 식사는 나오지 않았다. 그다음 일요일에 이제부터는 모든 보리가 오로지 돼지들만의 것이라는 발표가 있었다. 과수원 너머의 밭에 이미 보리 씨앗이 뿌려져 있었다. 모든 돼지가 매일 맥주를 1파인트씩 배급받는다는 소식이 곧 새어 나왔다. 나폴레옹의 몫은 반 갤런이었는데, 항상 왕실의 인증을 받은 크라운 더비 수프 그릇에 담겨 나온다고 했다.

그러나 힘든 생활이라도, 예전에 비해 지금은 존엄성을 인정받으며 살고 있다는 사실이 그 어려움을 일부 상쇄해주었다. 노래도 많이 부르고, 연설도 많고, 행진도 많았다. 나폴레옹은 일주일마다 한 번씩 '자발적인 시위'라는 것을 열어야 한다고 지시했다. 이 시위의 목적은 동물농장의 투쟁과 승리를 축하하는 것이었다. 정해진 시간에 동물들은 일터를 떠나 군사 대형을 짜고 행진하며 농장 경내를 한 바퀴 돌았다. 앞에서 돼지들이 행렬을 이끌고, 그다음에는 말, 그다음에는 암소, 그다음에는 양, 그다음에는 가금류가 섰다. 개들은 행렬의 측면에, 맨 앞에는 나폴레옹의 검은 어린 수탉이 자리를 잡았다. 복서와 클로버는 항상 발굽과 뿔이 그려진 초록색 깃발을 양쪽에서 함께 들고 행진했다. 그 깃발에는 '나폴레옹 동무 만세!'라고 적혀 있었다. 행진이 끝난 뒤에는 나폴레옹을 기리는 시들이 낭송되고, 스퀼러는 연설을 통해 최근 식량 생산량이 얼마나 늘어났는지 자세히 설명했다. 간혹 축포가 발사되기도 했다. 양들은 이 자발적인 시위에 누구보다 헌신적이었다. 누가 이런 건 시간 낭비라면서 추위 속에 한참 동안 서 있어야 하는 것에 대해 투덜거리면(돼지나 개가 가까이에 없을 때 가끔 이런 불평을 늘어놓는 동물들이 있었다), 양들이 엄청난 소리로 매애거리며 "네 다리는 좋고 두 다리는 나쁘다!"라고 외쳐서 그들의 입을 확실히 막아버렸다. 하지만 동물들은 대체로 이런 행사를 즐거워했다. 이제 각자가 스스로의 주인이므로 일을 하는 것도 모두 자신을 위한 것이라는 사실을 이렇게 되새기고 나면 마음이 편안해졌다. 노래와 행진, 스퀼러가 열거하는 숫자들, 천둥 같은 축포, 어린 수탉이 울어대는 소리, 펄럭이는 깃발, 이런 것들을 통해서 그들은 배 속이 텅 비어 있는 현실을 잠시나마 잊을 수 있었다.

4월에 동물농장이 공화국으로 선포되었다. 따라서 대통령을 선출할 필요가 있었다. 유일한 후보인 나폴레옹이 만장일치로 당선되었다. 같은 날, 스노볼과 존스의 공모 사실이 더 자세히 밝혀져 있는 서류들이 새로 발견되었다는 소식이 알려졌다. 예전에 동물들은 스노볼이 책략을 써서 외양간 전투를 패배로 유도하려 한 것이 전부인 줄 알았다. 하지만 알고 보니 그는 처음부터 드러내놓고 존스의 편이었다. 인간 군대의 지도자가 사실은 바로 스노볼이었으며, "인류 만세!"라는 말을 입술에 매달고 전장을 향해 돌격한 것도 스노볼이었다. 몇몇 동물들이 지금도 분명히 기억하고 있는 스노볼의 등 부상은 나폴레옹의 이빨에 물려 생긴 것이었다.

한여름에 갈까마귀 모지스가 몇 년 만에 갑자기 농장에 다시 나타났다. 그는 예전과 거의 비슷하게 일은 전혀 하지 않고 슈가캔디 산의 이야기를 또 늘어놓았다. 모지스는 그루터기에 자리를 잡고 검은 날개를 퍼덕거리며 누구든 관심을 보이는 동물에게 말을 걸었다. "저기 저 하늘이오, 동무들." 그는 커다란 부리로 하늘을 가리키며 이렇게 엄숙하게 말했다. "저기 저 하늘, 저기 보이는 먹구름 뒤편에, 거기에 슈가캔디 산이 있소. 우리 가엾은 동물들이 영원히 노동에서 풀려나 쉴 수 있는 행복한 땅이오!" 그는 심지어 자신이 아주 높이 날아올랐을 때 그곳에 한 번 가보았다고 주장했다. 거기서 언제나 파랗게 자라는 토끼풀 밭과 아마씨 깻묵과 산울타리에서 자라는 각설탕을 보았다고 했다. 많은 동물들이 그의 말을 믿었다. 그들이 생각하기에 지금의 삶은 배고프고 고단했다. 어딘가 다른 곳에 더 좋은 세상이 있어야만 공정한 것이 아닌가? 하지만 돼지들이 모지스를 어떻게 생각하는지는 확실히 알 수 없었다. 그들은 모두 슈가캔디 산에 대한 모지스의 이야기가 거짓말이라고 단언하며 무시해버렸다. 그런데도 모지스가 일하지 않고 농장에 머무르는 것을 허락해주었으며, 매일 맥주를 4분의 1파인트씩 지급해주었다.

복서는 발굽이 다 나은 뒤 그 어느 때보다도 더 열심히 일했다. 사실 그해에는 모든 동물이 노예처럼 일했다. 농장에서 늘 하는 일과 풍차 재건 외에도, 어린 돼지들을 위해 학교를 짓는 일이 3월에 시작되었기 때문이다. 가끔은 빈약한 식사와 장시간의 노동을 견디기 힘들었으나, 복서는 전혀 흔들림이 없었다. 그의 말과 행동 어디서도 그의 힘이 예전 같지 않다는 느낌을 받을 수 없었다. 조금 변한 것은 그의 외모뿐이었다. 털에서 옛날만큼 윤기가 흐르지 않고, 거대한 엉덩이도 쪼그라든 것 같았다. 다른 동물들은 이렇게 말했다. "봄에 풀이 돋아나면 복서도 좋아질 거야." 하지만 봄이 와도 복서는 살이 찌지 않았다. 채석장 꼭대기로 향하는 비탈길에서 그가 거대한 바위의 무게를 받치느라 근육에 힘을 줄 때면 오로지 일을 계속하고자 하는 의지만이 그의 발을 지탱하는 것처럼 보일 때가 가끔 있었다. 그런 순간에 그가 입술만 움직여서 "내가 더 열심히 일하겠다"라고 중얼거리는 모습이 다른 동물들의 눈에 띄었다. 이제 그는 목소리를 낼 기운이 없었다. 클로버와 벤저민이 그에게 건강을 돌보라고 또다시 주의를 주었지만, 복서는 들으려 하지 않았다. 그의 열두 번째 생일이 다가오고 있었다. 그는 자신이 은퇴해서 연금을 받기 전에 돌을 많이 쌓아둘 수만 있다면 무슨 일이 벌어지든 상관없는 것처럼 굴었다.

여름의 어느 날 저녁 늦게, 복서에게 무슨 일이 생겼다는 소문이 갑작스레 농장에 돌았다. 그가 돌 한 무더기를 혼자 끌면서 풍차까지 내려간 뒤의 일이었다. 아니나 다를까, 소문은 사실이었다. 몇 분 뒤 비둘기 두 마리가 전속력으로 날아와서 소식을 전해주었다. "복서가 쓰러졌다! 옆으로 쓰러져서 일어나질 못해!"

농장의 동물들 중 대략 절반이 풍차가 있는 언덕으로 달려갔다. 거기 수레의 끌채 사이에 복서가 쓰러져 있었다. 목을 쭉 뺀 채로 고개도 들지 못하는 모습이었다. 눈빛은 멍하고, 옆구리는 땀범벅이었다. 입에서 가느다란 핏줄기가 흘러내렸다. 클로버가 그의 옆에 털썩 무릎을 꿇었다.

"복서! 무슨 일이야?"

"허파가 문제야." 복서가 힘없는 목소리로 말했다. "그건 신경 쓰지 마. 내가 없어도 풍차를 완성할 수 있지? 돌을 상당히 많이 쌓아 놓았어. 어차피 난 한 달만 더 버티면 돼. 솔직히 줄곧 은퇴를 고대하고 있었거든. 벤저민도 점점 나이를 먹고 있으니까, 어쩌면 나랑 같이 은퇴를 허락받아서 내 동무가 될지 모르겠네."

"당장 가서 도움을 청해야겠어." 클로버가 말했다. "누가 좀 뛰어가. 가서 스퀼러한테 여기 일을 말해줘."

다른 동물들이 모두 스퀼러에게 소식을 전하려고 즉각 집으로 뛰어갔다. 클로버와 벤저민만 그 자리에 남았다. 벤저민은 복서의 옆에 누워서 아무 말 없이 긴 꼬리로 계속 파리를 쫓아주었다. 15분쯤 흐른 뒤 스퀼러가 연민과 염려가 가득한 표정으로 나타났다. 그는 나폴레옹 동무가 이 농장의 가장 충실한 노동자 중 하나인 복서에게 불행한 일이 생겼다는 소식을 듣고 깊이 상심했으며, 복서를 윌링던의 병원으로 보내기 위한 조치들을 이미 취하고 있다고 말했다. 동물들은 이 말을 듣고 조금 불안해졌다. 몰리와 스노볼을 제외하면, 어떤 동물도 농장을 떠난 적이 없었다. 병든 동료를 인간의 손에 맡긴다는 생각도 마음에 들지 않았다. 하지만 스퀼러는 윌링던의 수의사가 복서를 훨씬 더 훌륭하게 치료해줄 수 있다고 금방 동물들을 설득했다. 약 30분 뒤, 조금 기운을 차린 복서는 힘들게 일어서서 자기 마구간으로 절룩절룩 돌아갔다. 클로버와 벤저민이 그곳에 미리 깔아둔 짚이 그를 기다리고 있었다.

그 뒤 이틀 동안 복서는 마구간에 머물렀다. 돼지들은 욕실 약장에서 발견한 커다란 분홍색 약병을 보내주었다. 클로버는 하루에 두 번씩 식후에 복서에게 약을 먹였다. 저녁에는 그의 마구간에 함께 누워서 말동무를 해주었고, 벤저민은 계속 파리를 쫓아주었다. 복서는 자신이 이렇게 된 것이 아쉽지 않다고 털어놓았다. 잘 회복된다면 앞으로 3년쯤 더 살 수 있을지도 모른다며, 그는 커다란 풀밭의 귀퉁이에 마련된 그곳에서 보낼 평화로운 나날을 고대하고 있다고 말했다. 그곳에서 그는 생전 처음으로 느긋하게 공부를 하며 자신을 발전시킬 수 있을 터였다. 그는 알파벳에서 아직 외우지 못한 스물두 글자를 배우는 데 남은 평생을 바칠 생각이라고 말했다.

벤저민과 클로버는 매일 하루 일과를 마친 뒤에야 비로소 복서의 옆을 지킬 수 있었다. 그런데 한낮에 짐마차가 그를 데리러 왔다. 동물들은 모두 돼지의 감독하에 순무밭의 잡초를 뽑는 일을 하다가, 벤저민이 농장 건물들 쪽에서 마구 달려오는 것을 보고 말도 못하게 놀랐다. 게다가 그는 목청껏 소리를 지르고 있었다. 벤저민이 이렇게 흥분한 모습은 모두 처음 보았다. 아니, 그가 이렇게 달리는 모습을 본 것도 처음이었다. "빨리, 빨리!" 그가 소리쳤다. "당장 따라와! 복서를 데리러 왔어!" 동물들은 돼지의 지시를 기다리지 않고 곧바로 농장 건물들 쪽으로 달려갔다. 마당에 확실히 커다란 짐마차가 서 있었다. 말 두 마리가 끄는 마차 측면에는 글자가 적혀 있었고, 마부석에는 교활해 보이는 남자가 정수리 부분이 낮은 중절모를 쓰고 앉아 있었다. 복서의 마구간은 이미 텅 빈 상태였다.

동물들이 짐마차 주위로 몰려들었다. "잘 가, 복서! 잘 가!" 그들이 합창하듯 소리쳤다.

"멍청이! 멍청이!" 벤저민이 껑충껑충 뛰어다니며 이렇게 소리쳤다. 작은 발굽으로 땅도 쾅쾅 굴러댔다. "멍청이들아! 저 마차 옆구리의 글자 안 보여?"

그 말에 동물들은 잠시 모든 행동을 멈추고 숨을 죽였다. 뮤리얼이 글자를 읽기 시작했다. 하지만 벤저민이 그녀를 옆으로 밀어버리고, 죽음 같은 침묵 속에서 글자를 읽었다.

"알프레드 시먼즈, 말 도살 및 아교 제조, 윌링던. 가죽과 골분도 거래. 사육장 제공. 이게 무슨 뜻인지 몰라? 놈들이 복서를 도살장으로 데려가는 거야!"

모든 동물들이 경악해서 소리를 질렀다. 그 순간 마부석의 남자가 채찍으로 말들을 때리자 마차가 날렵한 속도로 마당을 빠져나가기 시작했다. 모든 동물들이 그 뒤를 따르며 목청껏 소리를 질러댔다. 클로버는 다른 동물들을 헤치고 앞으로 나섰다. 짐마차의 속도가 점점 높아졌다. 클로버는 통통한 팔다리를 열심히 놀린 끝에 느린 구보 정도의 속도를 낼 수 있었다. "복서!" 그녀가 소리쳤다. "복서! 복서! 복서!" 바로 그 순간, 바깥의 소란을 듣기라도 한 것처럼, 코를 따라 하얀 줄무늬가 있는 복서의 얼굴이 마차 뒤편의 작은 창문에 나타났다.

"복서!" 클로버가 엄청난 목소리로 소리쳤다. "복서! 거기서 나와! 빨리 나와! 널 죽이려고 데려가는 거야!"

모든 동물들이 그녀를 따라 "거기서 나와, 복서, 나와!"라고 소리쳤다. 하지만 짐마차는 이미 속도를 계속 높이며 멀어져가고 있었다. 클로버의 말을 복서가 알아들었는지도 불분명했다. 하지만 잠시 뒤 창문에서 그의 얼굴이 사라지더니, 마차 안에서 엄청난 발굽 소리가 들렸다. 그가 빠져나오기 위해 마차 벽에 발길질을 하고 있었다. 옛날 같았으면 복서가 발길질을 몇 번만 해도 짐마차가 성냥개비처럼 박살이 났을 것이다. 하지만 슬프게도 이제 그에게는 그런 힘이 없었다. 얼마 뒤 발굽 소리가 점점 희미해지다가 사라졌다. 동물들은 절박한 마음에, 짐마차를 끄는 말 두 마리에게 멈춰달라고 호소하기 시작했다. "동무, 동무! 형제를 죽음으로 데려가지 마시오!" 하지만 무지해서 지금 상황을 깨닫지 못한 그 멍청한 짐승들은 그냥 귀를 뒤로 젖히고 속도를 높일 뿐이었다. 복서의 얼굴이 창문에 다시 나타나는 일은 없었다. 누군가가 앞으로 달려가, 가로대가 다섯 개인 울타리 문을 닫을 생각을 했지만 이미 너무 늦었다. 짐마차가 금방 그 문을 통과해 길을 따라 빠르게 사라져갔다. 그들은 두 번 다시 복서를 볼 수 없었다.

사흘 뒤 그가 윌링던의 병원에서 죽었다는 소식이 발표되었다. 말로서 받을 수 있는 최대한의 보살핌을 받았는데도 그렇게 되었다고 했다. 스퀄러가 나와서 다른 동물들에게 그 소식을 알렸다. 그리고 자신이 복서의 마지막을 옆에서 지켜보았다고 말했다.

"그렇게 애절한 광경은 본 적이 없습니다." 스퀄러는 앞발을 들어 눈물 한 방울을 훔쳤다. "내가 아주 마지막 순간까지 그의 병상을 지켰어요. 결국 그는 말도 제대로 할 수 없을 만큼 쇠약해져서 내 귓가에 속삭였습니다. 풍차가 완성되기 전에 죽는 것이 슬플 뿐이라고요. '전진하시오, 동무들!' 복서는 이렇게 속삭였습니다. '봉기의 이름으로 전진. 동물농장 만세! 나폴레옹 동무 만세! 나폴레옹은 항상 옳다.' 이것이 그의 마지막 말이었습니다, 동무들."

여기서 스퀄러의 태도가 갑자기 바뀌었다. 그는 잠시 침묵하면서 수상쩍다는 듯 작은 눈을 좌우로 빠르게 굴리며 힐끔거리다가 말을 이었다.

그는 복서가 이곳을 떠날 때 어리석고 사악한 소문이 돌았다는 사실을 알게 되었다고 말했다. 복서를 데려간 짐마차에 '말 도살'이라는 말이 적힌 것을 몇몇 동물들이 보고는 복서가 도살장으로 끌려간다는 성급한 결론을 내린 탓이었다. 스퀄러는 이렇게 멍청한 동물이 있다는 사실을 거의 믿을 수가 없다고 말했다. 그리고 꼬리를 흔들고 좌우로 폴짝폴짝 뛰며 분노에 차서 외쳤다. 설마 그들의 사랑하는 지도자 나폴레옹 동무를 그렇게 생각했던 거냐고. 사실은 아주 단순했다. 그 짐마차의 예전 주인이 말 도살업자였는데, 그에게서 그 마차를 구입한 수의사가 아직 옛 이름을 지우지 못했을 뿐이라는 것이었다. 그것이 그런 착각이 발생한 경위였다.

동물들은 이 말을 듣고 크게 안도했다. 스퀄러는 복서의 임종을 더욱더 생생하고 상세하게 묘사했다. 그가 얼마나 훌륭한 보살핌을 받았는지, 나폴레옹이 비용 따위 생각하지 않고 값을 치른 약이 얼마나 비쌌는지. 그러자 끝까지 남아 있던 의심이 자취를 감추고, 그들이 동료의 죽음에 대해 느끼던 슬픔 또한 적어도 그가 행복하게 세상을 떠났다는 생각에 조금 누그러졌다.

그다음 일요일 회합에는 나폴레옹이 직접 나타나 복서를 기리는 짧은 연설을 했다. 그는 그들이 애도하는 동료의 유해를 농장으로 가져와 묻어주는 것은 불가능했지만, 정원의 월계수로 커다란 화환을 만들어 복서의 무덤 위에 놓아주라는 지시를 내렸다고 말했다. 며칠 뒤 돼지들이 복서를 추모하는 연회를 열 생각이라는 말도 했다. 나폴레옹은 복서가 좋아하던 두 개의 좌우명, '내가 더 열심히 일하겠다'와 '나폴레옹 동무는 항상 옳다'를 되새기며 연설을 끝냈다. 모든 동물이 이 좌우명을 자신의 것으로 채택하면 좋을 것이라고.

연회가 예정된 날, 식료품점 짐마차가 윌링던에서 와서 커다란 나무 상자 하나를 배달했다. 그날 밤 사방이 떠나가라 노래를 불러대는 소리가 들리더니, 곧 격렬히 싸우는 것 같은 소리로 바뀌었다. 이 소란은 11시쯤 유리가 와장창 깨지는 소리와 함께 끝났다. 다음 날 정오까지 집에서는 아무 기척이 없었다. 돼지들이 어디서 돈이 났는지 위스키 한 상자를 또 사들였다는 말이 돌아다녔다.

10

세월이 흘렀다. 계절이 여러 번 바뀌고, 동물들의 짧은 삶이 날듯이 지나갔다. 봉기 이전의 시대를 기억하는 동물은 이제 클로버, 벤저민, 갈까마귀 모지스, 그리고 돼지 여러 마리뿐이었다.

뮤리얼은 죽었다. 블루벨, 제시, 핀처도 죽었다. 존스 역시 죽었다. 다른 지역에서 주정뱅이들만 모아놓은 집에 있다가 죽었다고 했다. 스노볼은 잊혔다. 복서도 잊혔다. 그를 직접 알았던 소수의 동물들만 기억할 뿐이었다. 이제 클로버는 늙고 뚱뚱한 암말이 되어 관절도 뻑뻑하고 눈에는 눈곱이 끼었다. 은퇴할 나이를 지난 지 벌써 2년이었다. 사실 지금까지 실제로 은퇴한 동물은 하나도 없었다. 은퇴한 동물들을 위해 풀밭 한 귀퉁이를 따로 떼어놓겠다던 이야기는 이미 오래전에 사라져버렸다. 나폴레옹은 이제 무게가 24스톤*이나 나가는 성숙한 수퇘지였다. 스퀼러는 어찌나 살이 쪘는지 눈도 제대로 뜨지 못했다. 벤저민 영감만이 옛날과 거의 똑같은 모습이었다. 주둥이 근처의 털이 조금 더 회색으로 변했고, 복서가 죽은 뒤로 더욱더 침울하고 과묵하게 변한 것이 유일한 변화였다.

이제 농장에는 훨씬 더 많은 동물이 살고 있었으나, 과거에 기대했던 것만큼 수가 크게 늘지는 않았다. 이곳에서 태어난 많은 동물들에게 봉기는 말로만 들은 희미한 전통에 불과했다. 밖에서 돈을 주고 사 온 동물들은 이곳에 오기 전에 그런 말을 들어본 적도 없었다. 농장은 이제 클로버 외에 말 세 마리를 소유하고 있었다. 훌륭하고 정직한 동물들로, 기꺼이 일하는 노동자이자 훌륭한 동료였으나 몹시 멍청했다. 그들 중 누구도 알파벳을 B 이상 외우지 못했다. 그들은 봉기에 대해, 동물존중주의의 원칙에 대해 남들이 가르쳐주는 말을 모두 그대로 받아들였다. 특히 클로버를 대할 때는 자식이 어머니를 대하듯이 공손했다. 하지만 그들이 남들에게서 들은 이야기를 제대로 이해하는지는 의심스러웠다.

농장은 예전보다 번창했다. 조직도 더 탄탄해졌다. 필킹턴 씨에게서 밭을 두 군데 사들여 농장이 더 넓어지기도 했다. 풍차는 마침내 성공적으로 완성되었다. 이제 농장은 탈곡기와 건초 승강기를 자체적으로 소유하고 있었으며, 새 건물도 그동안 다양하게 늘어났다. 휨퍼는 이륜마차를 한 대 구입해서 타고 다녔다. 하지만 풍차는 결국 전력을 생산하는 데 사용되지 못했다. 방앗간 역할을 하면서 상당한 돈을 벌어주었다. 동물들은 풍차를 하나 더 짓느라고 힘

---

* 약 152킬로그램.

든 노동을 해야 했다. 그 풍차가 완성되면 발전기를 설치할 것이라고 했다. 하지만 스노볼이 예전에 동물들에게 가르쳐주었던 호사스러운 꿈, 그러니까 전깃불이 들어오고 따뜻한 물과 차가운 물이 나오는 숙소, 일주일에 사흘만 일하는 생활을 입에 올리는 동물은 이제 없었다. 나폴레옹은 그런 꿈이 동물존중주의의 정신에 어긋난다고 비난했다. 열심히 일하고 검소하게 사는 데에 진정한 행복이 있다는 것이 그의 주장이었다.

어쨌든 농장은 부유해진 것 같았지만, 동물들은 부유해지지 않았다. 물론 돼지들과 개들은 예외였다. 어쩌면 돼지와 개가 워낙 많아서 그렇게 된 것일 수도 있었다. 돼지와 개가 일을 하지 않는 것은 아니었다. 그들도 나름대로 일을 했다. 스퀼러가 지치지도 않고 설명하는 바에 따르면, 농장을 감독하고 조직하기 위해 해야 하는 일이 한없이 많다고 했다. 이런 일 중에는 다른 동물들이 너무 무지해서 이해하지 못하는 것이 많았다. 예를 들어, 스퀼러는 돼지들이 '파일', '보고서', '의사록', '비망록'이라고 불리는 신비로운 것들에 매일 엄청난 수고를 들여야 한다고 말했다. 커다란 종이를 글자로 빽빽이 채우는 노동이었다. 그렇게 종이가 다 차면 그 즉시 화덕에 종이를 넣고 태워버렸다. 스퀼러는 이것이 농장의 복지를 위해 무엇보다 중요한 일이라고 말했다. 하지만 돼지도 개도 스스로 식량을 생산하는 노동은 하지 않았다. 돼지와 개는 아주 많았고, 그들의 식욕은 항상 왕성했다.

다른 동물들의 삶은, 그들이 아는 한, 예전과 달라진 것이 없었다. 굶주림에 시달릴 때가 대부분이고, 지푸라기를 깔고 잠을 자고, 샘에서 물을 마시고, 벌판에서 일했다. 겨울이면 추위에 시달리고, 여름이면 파리에 시달렸다. 가끔 나이 많은 동물들은 희미한 기억을 헤집어, 봉기 초기, 그러니까 존스가 쫓겨난 지 얼마 되지 않았을 때의 생활이 지금보다 좋았는지 나빴는지 알아보려고 했다. 하지만 기억이 나지 않았다. 그러니 지금의 생활과 비교할 대상이 없었다. 스퀼러가 줄줄 읊어대는 숫자들 외에는 기준으로 삼을 것이 없었다. 스퀼러의 숫자들은 항상 모든 것이 점차 나아지고 있음을 보여주었다. 동물들은 이 고민을 해결할 수 없었다. 어차피 이제는 이런 일을 가지고 고민할 시간도 거의 없었다. 벤저민 영감만이 자신의 긴 생애를 상세히 기억하고 있다고 털어놓았다. 그는 또한 과거에 그랬던 것처럼 앞으로도 세상이 지금보다 한결 더 좋아지거나 더 나빠지는 일은 없을 것이라고 말했다. 굶주림, 고생, 낙담은 변하지 않는 삶의 법칙이라는 것이었다.

그래도 동물들은 결코 희망을 접지 않았다. 동물농장의 일원이라는 사실이 명예이자 특권이라는 의식 또한 단 한 순간도 잃어버리지 않았다. 동물들이 직접 소유하고 운영하는 농장은 이 카운티 전체에서, 아니 잉글랜드 전체에서! 이곳 하나뿐이었다. 이곳의 동물들 중 어느 누구도, 심지어 가장 어린 녀석들조차, 10마일이나 20마일 떨어진 농장에서 이리로 실려 온 신참들조차, 그 사실에 놀라움을 금치 못했다. 축포 소리가 들리고 초록색 깃발이 깃대에서 펄럭이는 것이 보일 때면 결코 사라지지 않는 자부심으로 가슴이 부풀었다. 대화를 하다 보면 항상 그 옛날 영웅적인 시대의 이야기가 나왔다. 존스를 쫓아낸 일, 일곱 계명을 적은 일, 인간 침략자들을 물리친 위대한 전투. 그들은 과거에 꾸었던 꿈을 하나도 버리지 않았다. 메이저 영감이 예언했던 동물 공화국, 잉글랜드의 푸른 들판에 인간이 발을 들여놓지 못하는 시대를 동물들은 여전히 믿었다. 언젠가 그런 때가 올 것이다. 금방은 아닐지라도, 지금 살아 있는 동물들은 모두 살아생전 그 시대를 보지 못할지라도, 그날은 반드시 올 것이다. 어쩌면 그들이 〈잉글랜드의 동물들〉의 가락을 여기저기서 몰래 흥얼거리는 것 같기도 했다. 어쨌든 농장의 모든 동물들이 그 곡조를 아는 것은 사실이었다. 비록 누구도 감히 그 노래를 소리 내어 부르지는 못했지만. 그들의 삶은 힘들고 희망은 그냥 희망으로만 끝날 수도 있었다. 그러나 그들은 자신이 다른 동물들과 다르다는 의식이 있었다. 굶주림에 시달리더라도, 폭정을 휘두르는 인간들을 먹이느라 그렇게 된 것이 아니었다. 힘든 노동을 하더라도, 최소한 그것은 스스로를 위한 노동이었다. 그들 중에 누구도 두 다리로 걷지 않았다. 누구도 다른 동물을 '주인'이라고 부르지 않았다. 모든 동물은 평등했다.

초여름의 어느 날 스퀼러가 양들에게 따라오라고 지시하더니, 농장 반대편 끝의 놀고 있는 땅으로 데려갔다. 어린 자작나무가 그곳에 무성히 자라고 있었다. 양들은 스퀼러의 감독하에 그곳에서 하루 종일 잎사귀를 뜯어 먹었다. 저녁이 되자 그는 집으로 돌아왔으나, 날씨가 따뜻했기 때문에 양들에게는 그곳에 그냥 있으라고 지시했다. 그렇게 해서 양들은 그곳에 꼬박 일주일을 있게 되었다. 그 동안 다른 동물들은 양들을 전혀 보지 못했다. 스퀼러는 매일 그들과 함께 많은 시간을 보냈다. 그는 양들에게 새 노래를 가르치는 중이라 아무도 방해하지 않는 곳이 필요하다고 말했다.

양들이 돌아온 직후, 동물들이 하루 일을 끝내고 농장 건물로 돌아오던 기분 좋은 저녁에, 마당에서 말 한 마리가 겁에 질려 히힝거리는 소리가 들렸다. 동물들은 화들짝 놀라서 걸음을 멈췄다. 클로버의 목소리였다. 그녀가 다시 울어대자 모든 동물이 마당을 향해 후다닥 달려가기 시작했다. 그리고 마당에서 클로버가 무엇을 보았는지 알게 되었다.

돼지 한 마리가 뒷다리로 걷고 있었다.

그래, 스퀼러였다. 상당히 무게가 나가는 몸집을 그 자세로 지탱하는 데 별로 익숙하지 않은지 조금 어색한 걸음걸이였지만, 균형을 완벽하게 잡으면서 그는 마당을 느긋하게 가로지르고 있었다. 곧 집에서 돼지들이 줄지어 모습을 드러냈다. 모두 뒷다리로 걷고 있었다. 잘 걷는 돼지도 있고, 걸음걸이가 살짝 불안정해서 지팡이를 짚어야 할 것처럼 보이는 돼지도 한두 마리 있었지만, 어쨌든 모든 돼지가 성공적으로 마당을 한 바퀴 돌았다. 마지막에는 개들이 엄청나게 짖어대고 검은 어린 수탉이 날카로운 소리로 울어대더니 나폴레옹이 드디어 모습을 드러냈다. 위풍당당하게 우뚝 선 그가 오만한 시선으로 좌우를 둘러보았다. 그의 개들은 주위에서 뛰어놀았다.

그는 앞발에 채찍을 들고 있었다.

죽음 같은 침묵이 흘렀다. 놀라움과 두려움에 질려 다닥다닥 붙어선 동물들은 돼지들이 길게 늘어서서 천천히 마당을 도는 모습을 지켜보았다. 세상이 거꾸로 뒤집힌 것 같았다. 그러다 충격이 어느 정도 가라앉고 나자, 개들에 대한 두려움과 그동안 굳어진 버릇에도 불구하고, 그러니까 무슨 일이 있어도 절대 불평하지 않고 절대 비판하지 않는 버릇에도 불구하고, 그들이 조금 항의의 말을 할 것 같은 순간이 왔다. 하지만 바로 그때 마치 무슨 신호라도 받은 것처럼 양들이 일제히 엄청난 소리로 매애거리기 시작했다. 그들이 외쳐댄 말은⋯⋯

"네 다리는 좋고 두 다리는 **더 좋다**! 네 다리는 좋고 두 다리는 **더 좋다**! 네 다리는 좋고 두 다리는 **더 좋다**!"

이 말이 잠시도 멈추지 않고 5분 동안 계속 되풀이되었다. 양들의 목소리가 잦아들었을 때는, 이미 항의할 기회가 지나가버린 뒤였다. 돼지들이 이미 집 안으로 들어가버렸기 때문에.

벤저민은 어깨에 누군가가 코를 비비는 것을 느꼈다. 고개를 돌려 보니, 클로버였다. 그녀의 늙은 눈이 그 어느 때보다 침침했다. 그녀는 아무 말 없이 벤저민의 갈기를 부드럽게 잡고 커다란 헛간의 벽으로 향했다. 일곱 계명이 적혀 있는 벽. 둘은 타르를 칠한 벽에 적혀 있는 하얀 글자들을 물끄러미 바라보며 1, 2분 정도 서 있었다.

"내 눈이 점점 나빠지고 있어." 마침내 클로버가 말했다. "젊었을 때도 저기 적힌 글자를 못 읽었는데. 하지만 지금 보니 벽이 좀 달라진 것 같은걸. 일곱 계명은 옛날 그대로야, 벤저민?"

이번만은 벤저민이 자신의 규칙을 깨고 벽에 적힌 글자를 그녀에게 읽어주었다. 이제 벽에는 단 하나의 계명 외에 아무것도 없었다.

모든 동물은 평등하다.

그러나 어떤 동물은 더 평등하다.

이것을 읽은 탓인지, 다음 날 농장의 일을 감독하는 돼지들이 모두 앞발에 채찍을 들고 다니는 것이 이상하게 보이지 않았다. 돼지들이 라디오를 구입했고, 전화기를 설치하려고 준비 중이며, 〈존불〉*, 《팃빗츠》**, 〈데일리 미러〉***에 구독 신청을 했다는 소식도 이상하게 들리지 않았다. 나폴레옹이 입에 파이프를 물고 정원을 거니는 모습도 이상하게 보이지 않았다. 심지어 돼지들이 옷장에서 존스 부인의 옷을 꺼내 입은 것도, 나폴레옹이 검은 겉옷과 승마 바지를 입고 가죽 각반을 찬 것도 이상하지 않았다. 그가 가장 아끼는 암돼지는 존스 부인이 일요일에 꺼내 입던 물결무늬 비단옷을 입고 나타났다.

일주일 뒤 오후에 이륜마차 여러 대가 농장으로 왔다. 이웃 농부들의 대표단이 초대를 받아 동물농장을 둘러보려고 온 것이었다. 그들은 농장을 구석구석 둘러보며 무엇을 보든 감탄사를 연발했다. 그들이 특히 감탄한 것은 풍차였다. 동물들은 순무밭에서 잡초를

---

*   1820년에 런던에서 발행되기 시작한 잡지 형태의 일요 신문. 1920년대에는 초超
     애국적인 매체로 불렸다.
**   1881년부터 1984년까지 발행된 영국 주간지《세계의 모든 흥미로운 서적, 정기간
     행물, 신문에서 가져온 토막 소식》을 줄여서 부르는 말. 'tit-bits'가 '토막 소식'이
     라는 뜻이다.
*** 영국의 타블로이드 신문.

뽑고 있었다. 땅에서 고개도 들지 않고 부지런히 일하면서, 그들은 돼지들이 더 무서운지 인간 손님들이 더 무서운지 알 수 없었다.

그날 저녁 집에서 커다란 웃음소리와 노랫소리가 터져 나왔다. 그렇게 여러 목소리가 뒤섞인 소리를 듣고 동물들은 갑자기 호기심이 발동했다. 동물과 인간이 사상 처음으로 동등하게 만나고 있는 저 집 안에서 지금 무슨 일이 벌어지고 있을까? 그들은 한뜻이 되어 최대한 소리를 죽여가며 정원으로 살금살금 들어갔다.

집의 울타리 문 앞에서 그들은 조금 겁이 나서 걸음을 멈췄다. 하지만 클로버가 앞장서서 앞으로 들어갔다. 그들은 조용조용 집으로 다가갔다. 키가 큰 동물들이 식당 창문으로 안을 들여다보았다. 거기 긴 식탁에 농부 여섯 명과 저명한 돼지 여섯 마리가 앉아 있었다. 나폴레옹은 식탁 상석을 차지했다. 의자에 앉은 돼지들의 모습이 더할 나위 없이 편안해 보였다. 인간과 돼지가 함께 카드 게임을 하던 중이었는데, 지금은 잠시 게임을 멈춘 상태였다. 아무래도 건배를 하기 위해서인 듯했다. 대형 맥주잔이 식탁을 한 바퀴 돌면서 각자의 머그잔들이 채워졌다. 궁금한 얼굴로 창밖에서 안을 들여다보는 동물들의 존재는 아무도 알아차리지 못했다.

폭스우드의 필킹턴 씨가 손에 머그잔을 들고 일어서서, 곧 이 자리에 있는 모두에게 건배를 제의할 것이라고 말했다. 하지만 그 전에 자신이 꼭 해야 하는 말이 몇 마디 있는 것 같다고 했다.

그는 불신과 오해의 긴 시대가 이제 끝나게 된 것에 커다란 만족감을 느낀다면서, 틀림없이 이 자리에 있는 모두도 같은 심정일 것이라고 말했다. 자신이나 이 자리의 다른 이들은 그런 감정을 품지 않았지만, 과거에는 이웃의 인간들이 동물농장의 훌륭한 주인들을, 적의라고까지 할 수는 없어도 아마 어느 정도의 불안감을 안고 바라본 적이 있었다. 그동안 안타까운 사건들도 있었고, 오해도 있었다. 돼지들이 소유하고 운영하는 농장의 존재가 왠지 비정상 같아서 인근에 불온한 영향을 미칠 거라는 생각이 들기도 했다. 너무나 많은 농부들이 제대로 알아보지도 않고 이런 농장에서는 방종과 무질서가 판칠 거라고 지레짐작했다. 이 농장이 자기들 농장의 동물들은 물론 심지어 인간 일꾼들에게까지 어떤 영향을 미칠지 불안했다. 하지만 그런 의혹은 이제 모두 사라졌다. 오늘 자신은 친구들과 함께 동물농장에 와서 자신의 눈으로 직접 샅샅이 살펴보았다. 그 결과 알게 된 것은? 이곳이 최신 방법들을 사용하고 있을 뿐만 아니라, 다른 모든 농부에게 모범이 될 만큼 훌륭한 기율과 질서를 유지하고 있다는 사실이었다. 동물농장의 하급 동물들이 이 카운티의 어느 동물보다 더 많이 일하고 더 적은 식량을 받는다고 말해도 틀리지 않을 것이다. 자신은 물론 함께 온 친구들도 오늘 이곳에서 본 많은 조치들을 즉시 자신들의 농장에 도입할 생각이다.

그는 동물농장과 이웃들 사이에 현재 우호적인 감정이 존재하고 있으며 앞으로도 존재해야 한다는 말을 강조하면서 이만 발언을 마치겠다고 말했다. 돼지와 인간 사이에는 그 어떤 종류의 이해 충돌도 존재하지 않으며, 존재할 필요도 없다. 그들은 모두 똑같은 어려움을 겪으며 똑같은 고생을 하고 있다. 노동문제는 어디서나 똑같지 않던가? 이 대목에서 필킹턴 씨가 아주 공들여 준비한 재담을 꺼내놓으려 한다는 사실이 모두의 눈에 분명히 보였지만, 그는 그 순간의 즐거움에 너무나 압도된 나머지 그 말을 곧바로 하지 못했다. 여러 겹의 턱이 자주색으로 변할 만큼 한참 동안 숨이 막혀 컥컥댄 뒤에야 간신히 꺼낸 재담은 이러했다. "여러분이 하급 동물들을 상대해야 한다면, 우리에게는 하층 계급이 있습니다!" 이 명언에 그 자리의 모두가 우렁차게 웃음을 터뜨렸다. 필킹턴 씨는 동물농장의 배급량이 적고, 노동시간은 길고, 방종한 분위기는 거의 눈에 띄지 않는다는 사실을 오늘 와보고 알게 되었다며 돼지들에게 다시 한번 찬사를 보냈다.

그리고 마지막으로 모두 자리에서 일어나 잔을 가득 채워달라고 말했다. "여러분, 여러분, 건배를 제의합니다. 동물농장의 번영을 위하여!"

열광적인 환호와 함께 다들 발을 굴러댔다. 나폴레옹은 어찌나 흡족했는지 자신의 자리를 떠나 탁자를 빙 둘러 걸어와서 필킹턴 씨와 잔을 챙 하고 부딪힌 뒤 잔을 비웠다. 환호가 가라앉자, 나폴레옹이 계속 선 채로 자신 역시 짤막하게 하고 싶은 말이 있다고 넌지시 말했다.

나폴레옹의 연설이 항상 그렇듯이, 이날의 발언도 간결하고 명료했다. 그는 오해의 시대가 끝난 것이 자신 역시 기쁘다고 말했다. 자신과 동료들의 사고방식에 파괴적이다 못해 혁명적이기까지 한 일면이 있다는 소문이 오랫동안 돌았는데, 악의적인 적들이 그 소문을 퍼뜨렸다고 봐도 무방할 것 같다. 외부에서는 동물농장이 이웃 농장의 동물들에게 반항적인 정신을 심어주려 한다고 보았다. 세상에 이것만큼 진실과 거리가 먼 헛소문이 없다! 예나 지금이나 그들은 오로지 평화로이 살면서 이웃들과 정상적인 거래 관계를 맺고 싶을 뿐이다. 그가 영광스럽게도 관리하고 있는 이 농장은 협동적인 사업체였다. 그가 보관 중인 권리 증서에 따르면 돼지들이 이곳의 공동 소유주다.

그는 자신들에 대한 과거의 여러 의혹이 지금도 남아 있는 것 같지는 않지만, 최근 동물농장에 도입된 몇 가지 변화로 이웃의 신뢰가 더 높아질 것이라고 말했다. 지금까지 농장의 동물들은 서로를 '동무'라고 부르는 다소 바보스러운 버릇이 있었다. 이 버릇을 억누를 필요가 있었다. 또한 기원을 알 수 없는 아주 이상한 관습도 하나 있었는데, 일요일 아침마다 정원의 기둥에 못으로 고정된 어느 수 돼지의 두개골 앞을 행진하는 관습이었다. 이것 역시 금지할 예정이었다. 두개골은 이미 땅에 묻어버렸다. 깃대에서 초록색 깃발이 휘날리는 것을 혹시 방문객들이 보았는지 모르겠다. 만약 보았다면, 전에 그곳에 그려져 있던 하얀 발굽과 뿔이 지금은 사라졌음을 아마 알아차렸을 것이다. 이제부터는 아무것도 그려지지 않은 초록색 깃발을 사용할 것이다.

그는 필킹턴 씨의 훌륭하고 우호적인 연설에 대해 딱 한 가지만 비판하겠다고 말했다. 필킹턴 씨가 내내 '동물농장'이라는 말을 사용했다는 점. 물론 그는 '동물농장'이라는 이름이 이미 없어졌음을 몰랐을 것이다. 나폴레옹 본인이 그 사실을 이제야 처음으로 발표하는 것이니까. 앞으로 이 농장은 '매너 농장'으로 불릴 것이다. 그는 이것이 원래 이 농장을 부르던 올바른 이름이라고 믿는다.

"여러분, 조금 전과 똑같이 건배를 제의하겠습니다만, 이번에는 건배사를 좀 바꿔보겠습니다. 잔을 찰랑찰랑하게 채우세요. 여러분, 제 건배사는 이것입니다. '매너 농장의 번영을 위하여!'"

이번에도 열렬한 환호가 일고, 다들 잔을 끝까지 비웠다. 그러나 밖에서 이 광경을 지켜보는 동물들의 눈에는 뭔가 이상한 일이 벌어지는 것처럼 보였다. 돼지들의 얼굴에서 뭐가 달라진 거지? 늙어서 침침해진 클로버의 눈이 돼지들의 얼굴에서 얼굴로 획획 움직였다. 어떤 돼지는 턱이 다섯 개, 어떤 돼지는 네 개, 어떤 돼지는 세 개였다. 하지만 흐물흐물 녹아서 점점 변하는 것처럼 보이는 건 뭐지? 그때 박수 소리가 끝나더니, 탁자 주위에 둘러앉은 이들이 다시 카드를 들고 중단했던 게임을 이어갔다. 동물들은 소리 없이 살금살금 물러갔다.

하지만 20야드를 채 다 가지도 못하고 그들은 우뚝 걸음을 멈췄다. 집에서 여러 목소리들이 천둥처럼 울려 나왔다. 그들은 다시 집으로 달려가 창문으로 안을 들여다보았다. 그러면 그렇지, 격렬한 싸움이 벌어지고 있었다. 고함을 지르는 이, 탁자를 쾅쾅 두드리는 이, 상대를 의심하듯 날카롭게 힐끔거리는 시선, 격렬하게 부정하는 말. 나폴레옹과 필킹턴 씨가 동시에 스페이드 에이스를 내놓은 것이 문제의 발단인 듯싶었다.

열두 개의 목소리가 분노의 고함을 질러댔다. 모두 똑같았다. 돼지들의 얼굴이 어떻게 된 것인지 이제는 의심의 여지가 없었다. 창밖의 동물들은 돼지의 얼굴에서 인간의 얼굴로, 인간의 얼굴에서 돼지의 얼굴로, 그리고 다시 돼지의 얼굴에서 인간의 얼굴로 시선을 움직였다. 누가 누군지 이미 분간할 수가 없었다.

조지 오웰 연보

1903년 6월 25일, 당시 영국령이었던 인도 벵골(지금의 비하르주)에서 인도 총독부 관리였던 아버지 리처드 블레어와 어머니 아이다 블레어 사이에서 태어났다. 본명은 에릭 아서 블레어로 조지 오웰은 필명이다.

1904년 어머니를 따라 영국 옥스퍼드셔로 이주했다. 가족이 정착한 헨리온템스는 1939년에 발표한 소설《숨 쉬러 나가다》의 무대가 되었다.

1911년 세인트 시프리언즈 스쿨에 입학했다. 이곳에서 훗날《호라이즌》편집장이 되는 사릴 코널리를 만나 친구가 되었다.

1914년 지역 신문〈헨리 앤 사우스 옥스퍼드셔 스탠더드〉에 직접 쓴 시〈깨어나라! 영국의 젊은이들이여〉가 실렸다.

1917년 영국 명문 사립 학교 이튼칼리지에 최우수 장학생으로 입학했다. 훗날 작가가 된 올더스 헉슬리, 역사학자가 된 스티븐 런시먼 등과 사귀었다.

1921년 이튼칼리지 졸업 후 대학 진학 선발 시험에 합격하지만 집안 형편 때문에 대학 진학을 포기하고 인도 제국 경찰 시험에 응시했다.

1922년 10월 첫 발령지인 버마(지금의 미얀마)로 파견되어 5년간 경찰로 근무했다.

1927년 경찰로 복무하며 제국주의 식민 정책에 혐오를 느끼던 차에, 뎅기열에 걸려 치료를 위해 영국으로 귀국했다. 9월에 영국 콘월에서 가족과 재회 후 버마로 돌아가지 않기로 마음을 굳혔다.

1928년 1월에 가족의 반대에도 경찰을 사직했다. 작가가 되기로 결심하고 불황 속 파리 빈민가와 런던 부랑자들의 극빈 생활을 몸소 체험했다.

1931년 대중적 사회주의를 유행시킨 문학잡지 《뉴 아델피》에 에세이 〈스파이크〉와 〈교수형〉을 게재했다. 이후 이 잡지의 정규 기고자가 되어 〈나는 왜 글을 쓰는가〉 등 다수의 작품을 발표했다.

1932년 하우스론 고등학교 교사로 일했다.

1933년 파리와 런던에서 스스로 택한 밑바닥 생활 체험을 사실적으로 담아낸 첫 소설 《파리와 런던의 밑바닥 생활》을 출간했다. 이때부터 '조지 오웰'이라는 필명을 사용했다.

하우스론 고등학교를 떠나 프레이스컬리지 교사로 일했
는데, 추운 날씨에 밖을 돌아다니다가 폐렴에 걸려 입원
했다.

1934년   폐렴으로 사경을 헤매다 1월에 간신히 퇴원한 후, 부모님
집으로 갔고 교사직을 영영 그만두었다. 이후 파트타임
으로 서점에서 일했다. 버마에서 경찰로 근무하던 시절
의 경험을 반영한《버마 시절》을 출간했다. 식민지 백인
관리의 잔혹상을 묘사한 이 소설로 문학계의 인정을 받
았다.

1935년   소설《성직자의 딸》을 출간했다.

1936년   아내이자 평생의 사상적 동반자가 된 아일린 오쇼네시와
결혼했다. 소설《엽란(葉蘭)을 날려라》를 출간했다. 12월
스페인 내전이 발발하자 파시즘에 맞서 싸우기 위해 자
원입대했다.

1937년   스페인 마르크스주의통일노동자당 민병대 소속으로 싸
우다 목에 총상을 입고 후방으로 후송되었다. 잉글랜드
북부 랭커셔 지방 노동자들의 궁핍한 삶을 그린 르포르
타주《위건 부두로 가는 길》을 출간했다.

1938년   공산당이 그를 트로츠키파로 의심했고, 아내 아일린 또
한 가택수색을 당하는 등 위협을 느끼자, 아내와 야간열
차를 타고 스페인에서 탈출해 프랑스로 건너갔다. 이데
올로기에 강한 환멸을 느끼고 스페인 내전 참전기이자
사회주의의 이중성을 묘사한 자전적 소설《카탈로니아

찬가》를 출간했다. 이때부터 정치적 성향이 짙은 작가로 알려지기 시작했다.

1939년   폐결핵으로 건강이 나빠지자 한동안 글쓰기를 중단하고 모로코에서 요양했다. 소설《숨 쉬러 나가다》를 출간했다.

1940년   다시 영국으로 돌아와 런던 민방위대 부사관으로 복무했다. 에세이 모음집《고래 뱃속에서》를 출간했다.

1941년   BBC에 입사해 2년간 라디오 프로그램을 제작했다. 에세이《사자와 유니콘: 사회주의와 영국의 특질》을 출간했다.

1943년   전시 검열과 영국의 제국주의적 태도 때문에 9월에 BBC를 퇴사했다. 좌파 성향의 잡지《트리뷴》의 편집장으로 일하며《동물농장》집필을 시작했다.

1944년   스탈린주의를 풍자한 우화《동물농장》을 탈고했다. 한 살짜리 아이(이름은 리처드 허레이쇼 블레어)를 입양했다.

1945년   〈옵서버〉 종군기자로 2개월간 파리와 쾰른에서 활동했다. 삶의 동반자였던 아내 아일린이 수술을 받다가 사망했다.《동물농장》을 출간했다.

1946년   전쟁 중 발표한 영문학 비평들을 모아《비평 에세이》를 출간했다.

1949년   폐결핵이 악화하여 요양 병원에 입원했다. 병상에서 미래의 관료화된 국가에 대한 공포를 형상화한 소설《1984》를 완성해 출간했고, 첫해에 40만 부 이상이 판매되며 큰 인기를 얻었다. 런던의 한 대학 병원으로 옮겨 치료를 받던 중 문학잡지《호라이즌》의 편집자 소니아 브론웰과 결혼했다.

1950년 1월 21일, 입원 중이던 병원에서 급작스레 각혈 후 사망했다.

옮긴이 **김승욱**

성균관대학교 영문학과를 졸업하고 뉴욕시립대학교에서 여성학을 공부했다. 〈동아일보〉 문화부 기자로 근무했으며, 현재 전문 번역가로 활동하고 있다. 옮긴 책으로는 조지 오웰의 《1984》, 《카탈로니아 찬가》, 도리스 레싱의 《19호실로 가다》, 《사랑하는 습관》, 《고양이에 대하여》, 루크 라인하트의 《침략자들》, 존 윌리엄스의 《스토너》, 프랭크 허버트의 《듄》, 콜슨 화이트헤드의 《니클의 소년들》, 존 르 카레의 《완벽한 스파이》, 에이모 토울스의 《우아한 연인》, 리처드 플래너건의 《먼 북으로 가는 좁은 길》, 올리버 퍼치의 《사형집행인의 딸》(시리즈), 데니스 루헤인의 《살인자들의 섬》, 주제 사라마구의 《히카르두 헤이스가 죽은 해》, 《도플갱어》, 패트릭 매케이브의 《푸줏간 소년》, 존 스타인벡의 《분노의 포도》 등 다수의 문학작품이 있다. 이외에도 《날카롭게 살겠다, 내 글이 곧 내 이름이 될 때까지》, 《관계우선의 법칙》, 《유발 하라리의 르네상스 전쟁 회고록》, 《나보코프 문학 강의》, 《신 없는 사회》 등 다양한 분야의 책을 옮겨 국내에 소개했다.

동물농장

1판 1쇄 발행 2022년 6월 30일
2판 1쇄 발행 2025년 12월 5일

지은이   조지 오웰 | 옮긴이   김승욱
펴낸곳   (주)문예출판사 | 펴낸이   전준배
출판등록   2004. 02. 11. 제 2013-000357호 (1966. 12. 2. 제 1-134호)
주소   04001 서울시 마포구 월드컵북로 21
전화   02-393-5681 | 팩스   02-393-5685
홈페이지   www.moonye.com | 블로그   blog.naver.com/imoonye
페이스북   www.facebook.com/moonyepublishing | 이메일   info@moonye.com

ISBN 978-89-310-2625-2 04800
ISBN 978-89-310-2365-7 (세트)

(뒷면 계속)